文春文庫

べらぼうくん

万城目 学

文藝春秋

べらぼうくん

目次

単行本　二〇一九年一〇月　文藝春秋刊

べらぼうくん

序章

「3で割り切れる受験番号はラッキーだ」

とは母親の言である。

何の根拠があってかは知らぬが、それを聞いて以来、私は受験するたびに自分の受験番号を3で割るようになった。中学受験から始まり、様々な種類の受験に挑んできたが、これまで与えられた番号が3で割り切れたことが一度もない。三分の一の確率なのに、一度も割り切れた経験がないというのはコトである。

そう、私には運がない。

運があると実感できたこともない。

結婚式の二次会のビンゴ大会で「ビンゴ！」と真っ先に叫んだこともないし、商店街のくじ引きでガラガラを回し、「大当たり～」とからんからんとベルを鳴らされた例《ため》しもない。

いや、一度だけ、ある。

小学四年生の夏休み、泊まっていた伊勢志摩あたりの観光旅館で盆踊り大会があった際、参加者に配られたくじのなかで見事、一等を当てた。結果、私は中央の盆踊りの櫓《やぐら》に呼ばれ、大勢の宿泊客の前で「まきめ、まなぶ、です」とへなへな声で自己紹介させられ、大阪から来ただの、父母と妹があそこにいるだの、家族構成から何からすべて吐き出させられたのち、さらに二等、三等と続くくじを引き、その番号を延々とマイクで読み上げるという役割を担わされた。

地獄だった。

私は今も人前に立つことが嫌いだ。目立つこと全般が嫌いだ。ゆえに、授業中も挙手をしない。中学校、高校、大学と一度も教室で挙手したことがなかった。注目され、何を考えているのかを他人に知られることに極度の羞恥《しゅうち》を感じる性質《たち》だった。私は常に観察する側に立ちたかった。攻守の感覚で言うならば、観察するのは攻、観察されるのは守。私はいつだって攻めていたかったのだ。

教室で席替えがあるときは、とにかく最後列を狙う。決して悪ぶっているわけではなく、観察したいのだ。クラスの面々が、何に反応し、どう行動を取るのかを、静かに見守り続けたいのである。

そんな小学生が盆踊りの櫓に上らされ、四方八方から観察される。しかも、くじの一等賞品は、子どもにはうれしくも何ともない「靴磨きセット」だった。

何が言いたいかというと、3で割り切れぬ人生であるということだ。

高校三年生の大学受験当日の出来事だ。

試験官が開始の合図を伝えるなり、真後ろの席に座っていた受験生が体調が悪くなったと訴え、三十分以上、途中退室してしまうというアクシデントが発生した。当然、私はほくそ笑んだ。おやおや、一人ライバルが減りましたな南無〜、などとアンチ・フェアプレイ精神をいかんなく発揮しつつ試験に挑み、合格発表の日、のこのこと大学まで足を運んだ。

京都大学法学部の中庭に面した回廊の壁面に合格者番号が張り出され、押し合いへし合いしながら番号を探した。

そこに私の番号はなかった。一方、途中退室の彼は合格していた。彼の番号を覚えていた。私のものと違って、きっちりと3で割り切れる数字だったから。

受かった連中のしあわせいっぱいの顔なんて見たくなかったので、あえて京阪電車の普通に乗って京都から大阪に帰ったら、信じられないくらい余計な時間がかかり、さらにどっと疲れた。

憔悴《しょうすい》しきって家に戻ると、母親は留守だった。薄暗い食卓に何やら置いてある。すでに京都から公衆電話で結果は伝えていたので、激励の手紙かなと思って手に取ったら、予備校のパンフレットの束だった。

シビアな話やなー、とため息とともに一冊を手に取った。

人生とはチョコレートボックスのようなもの、と冒頭で主人公が語る外国の映画がある。

どうして、人生がチョコレートボックスにたとえられているのか、そもそもチョコレートボックスとは何なのか、その後の映画での扱い方をまったく覚えていないのだが、大事なのは彼が人生について考え、そこから生まれた発言だということだ。

大学受験に失敗した。

はじめて人生について、まじめに考えた。

大きな挫折を経験し、それを糧に若者は成長する。そんな美しい成長譚の一コマだったのだろうか。いやいや、単に浪人生活という無味乾燥な毎日の極みが訪れることに、おそれを抱いていただけだったと思う。何しろ、新しいことは何も学ばない。過去にすでに教えてもらったことをひたすらおさらいする日々だ。

若者とは動き続ける生き物だ。

対して、浪人生とは止まることを強いられる生き物だ。

合格発表の日まで、私はそこそこ浮かれていた。京都大学に一発現役合格する。すこぶるエリートだ。そのまま将来はいい会社に入って、お金持ちになっちゃう。たかが十代のときの学科試験の成績が良かっただけで、そんな恵まれたレールに乗れてしまうなんて何てラッキー、人生バラ色じゃないか。いやはや、ええんかいな――。そんなことを台所の窓から外を眺めて夢想し、ひとり悦に入っていたら、あっさり落ちた。

やんぬるかな。

浪人生活突入が決定したとき、私は何かしら人生が損なわれたように感じた。

成功をつかみストレートに大学に進学した同級生たちが、キラキラと輝きながら一気に遠ざかっていく感覚。一方でこれから一年間、ひたすら足止めを食らうことを強制される私。生まれてこのかた十八年しか過ごしていない人間にとって、まるまる一年を己の失敗のツケを払うために差し出せというのは、なかなかに過酷な宣告だった。

何のために勉強するのか。

果ては何のために生きるのか。

予備校時代、しきりに考え、同じ環境の友人たちと語り合った気がする。気がする、というのは、結局答えなど出ず、ただの敗者の傷の舐め合いである面も否めず、そのうちカラオケに行こうと誰かが言いだし、歌の上手い奴がやしきたかじんを正座になって歌い、「たかじん最高や！」で何だかんだで話が落ち着く、その程度の深刻さだからである。

されど、時間という若者にとって最大の価値あるものを元手にものを考える。そこから生まれた言葉には、ときに未熟さを含むことがあったとしても、せいいっぱいの意味が宿っているはずだ。

それまでももちろん、ものを考え、しゃべってはきた。だが、私が自分の言葉というものを生み出し始めたのは、浪人生のときからだろう。

つまり、私の人生が始まったのだ。

第一章　べらぼうくん、浪人する

名物講師、反面講師

いかにもカッコよく、言葉が生まれ、人生が始まった、などとうそぶいてみたが、実際に浪人生が日々やることと言ったら、不満を口にするか、不満を呑みこむかの二つだけである。上を向いて歩くには、まだしばらく時間がかかる。

一年間通った大手予備校の講師は、風変わりな人が多かった。学校教育における教師と違い、彼らは受験科目のみに特化し、分刻みの契約で働くことが基本のシビアな環境に身を置いている。お気楽そうに見えてその実、誰もがぶ厚い鎧《よろい》を着こみ、生徒に向かっていたように思う。

なかでも、数学と現代文担当の講師の印象が、その顔かたちや雰囲気含め、今も根深く残っている。

ある日、ねっとりとしたしゃべり方が持ち味の男性の数学講師が、

「よい先生の条件とは」

といったことを急に話し始めた。

「よい先生とは、みんなが間違う例をたくさん教えてくれる人。天才の解き方を教えても無意味。キミたちが実際の試験の場でそれを思いつく可能性はゼロだから。キミたちに必要なのは、こうやると失敗するよ、という例をたくさん知ること」

いつものねっとりさに加え、自然に醸し出される嫌みたらしい口調で語られたその言葉を、私はホウと驚きとともに聞いた。

何だか、己についてひとつの真理を言い当てられた気がしたからだ。

この言葉には、その人のレベルに合った教え方、教わり方というものがあり、レベルに達していない人間に、難しいことを教えたって双方無駄だよね、という極めて冷徹な見立てが籠《こ》められている。

むろん、ここは予備校だ。大学受験に合格することが目的であり、数式の美しさを求める数学者が集う場ではない。ねっとり口調の彼の発言はあくまで「予備校での教え方」に限定した考えだろうが、不思議と私は、

「あ、自分はこっちのほう」

と吸いつくようにその言葉を受け取った。

幼い頃から、まわりを含め勉強ばかりの環境で育ったせいもあり、そのてっぺんの形態、すなわち「天才」へのぼんやりとした憧憬を、どこかに抱き続けていたように思う。

しかし、徐々に現実が見えてくる。短期記憶力が著しく低い、哲学の概念を何度聞いても理解できない、要は抽象的な思考ができない、具体的に分解してはじめて理解できる。自分が一を聞いて十を知るではなく、一を十回聞いて十を知る人間であることが知れてくる。普通だ。何よりも浪人生だ。天才は浪人しない。

あのとき、数学講師の言葉に惹かれたのは、天才のみが思いつくレアな解法よりも、凡人が繰り返す幾多の失敗例を知ることが、己にとって血となり肉となる学び方だと直感したからだろう。

それに似た感覚は、小説家となった今も心に息づいている。自分は天才ではあり得ないし、抽象的な文章を紡ぐのも下手だ。具体的なイメージを重ねて物語全体を構築するしかない、と誰に教えられるでもなく知っているため、枕木を一本ずつ並べ、そこに線路を敷くような書き方を身につけた。きっと、その気づきの初《しょ》っ端《ぱな》を教えてくれたのは、この数学担当の講師だった。

さらに、もう一人、予備校で出会った印象深い講師に、現代文担当の女性がいる。

何となく吊り目がちで、口が横に広く、口紅映えする顔立ちだったからか、勝手に

「ベラ女史」（ｆｒｏｍ『妖怪人間ベム』）と名前をつけて心で呼んでいた。

大手の予備校ゆえに、大阪だけではなく東京校の授業を兼任している講師も多く、あるときベラ女史が東京校の講師控え室で遭遇した出来事を語り始めた。

当時、東京校にはいったい何を教えていたのか、八十歳を超えた名物講師がいた。そこに七十代と六十代のこれまたベテランの講師が加わり、四方山《よもやま》話を繰り広げているところへ、たまさか入室したベラ女史が、

「これまで先生方の人生でいちばん怖かった出来事は何ですか？」

との質問を投げかけたのだという。

六十代の講師は「東京大空襲」と答えた。なるほど。

七十代の講師は「関東大震災」と答えた。一九九四年当時の話なので、あり得ないこともない。

最後に八十代の生ける伝説講師に順番が回ってきたところで彼は、

「米騒動」

と答えたのだという。

東京大空襲も関東大震災も経験した男が、人生でもっとも怖かった出来事として挙げた米騒動。一九一八年、欧州では第一次世界大戦が繰り広げられていたさなかに日本全

国で発生し、当時の寺内正毅内閣がこれが原因で倒れたという事件である。

「二十世紀でいちばん怖い出来事は、戦争でも、地震でもなく、米騒動」

とベラ女史は話をまとめ、おかげで完全に近代史の一コマと認識していた米騒動に生きたイメージを付与してもらい、さらにはこうしてネタにさせてもらっておいて何であるが、実のところ、私は彼女の授業が心底嫌いだった。

それは彼女が「解剖型タイプ」の講師だったからである。

ベラ女史の担当は現代文だ。

さらに、ここは予備校だ。

テクニカルな解法、効率的な読み方なるものが幅をきかせ、

「この部分は問題に関係ないから、全部×をつける」

とベラ女史が求めたならば、従順な生徒たちは赤ペンを手に問題文の段落を囲み、バツと大きく書きこむ。この無遠慮に文章を切り刻む教え方が、私は嫌で仕方がなかった。

ゆえに、私はベラ女史の授業をいっさい聞かなかった。替わりに本を読んだ。こんなしょうもない授業に付き合うくらいなら、試験問題に出そうな小難しい文章を読んだほうがいかほど役に立つか知れぬと、授業中、宮沢りえがイメージキャラクターを務めていた「新潮文庫の百冊」を一冊、また一冊と読み始めたのである。

私の読書人生で、もっとも彩りのある一年だったように思う。

普段なら、決して手に取らない文豪の小説をしかめ面して読むなかで、たとえば中島敦に出会った。

クラクラしたのち、惚れた。

こんな小説書けたらかっこいいなあ、と中島敦を読み終えたのち、どういうわけか予備校の手帳に、「こんな小説書いたら、おもしろそう」という短編のアイディアをしたためたまではよかったが、もちろん一文字だって書かなかった。我が身は歴然たる浪人生であるし、何より小説なんか書けっこないと思ったからである。

実は、かつて一度だけトライしたことがあった。

小学四年生くらいのことだ。

便箋に、やおら小説を書き始めたのだが、たった一枚で頓挫した。

理想が高すぎたのである。

まず、地図を書いた。宝の在りかが記された冒険のきっかけとなる古地図だ。

それを小学生の主人公が城跡の井戸の底から偶然発見したのち、

「Aという場所に宝があるかと思いきや、実はBに隠されていることが判明し、しかし、最終的にCに埋められていたのだった」

というストーリーを地図上の暗号などをふんだんに用いつつ、どんでん返しを繰り広げつつ、冒険小説として展開させたい——と発念したはよかったが、どう文章を紡げばいいのかわからない。問題文を読むもまったく解法の糸口が思いつかず、一行目の式も書けない数学の難問を前にした状態と同じで、その後を構成することができない。つまり、小四の脳味噌には荷が重すぎた。

それだけに大学生になって小説を書き始めたとき、何より驚いたのが、

「書けてしまう自分」

がそこにいたことだ。

まさしく五里霧中、一歩目の踏み出し方もかつては定かではなかったのに、不思議と長編の構成を頭でぼんやりと組み立てられる。伏線らしきものを会話に潜りこませられる。小四から十年以上が経過し、脳味噌が育っていたのである。

手帳は大学に合格したのち捨ててしまった。書き留めたアイディアを二つ、三つは覚えているが、あとはすべて忘却の彼方へと沈み、それきりである。

結局、一文字も書くことなく、記憶からこぼれたアイディアたち。今となっては、ちょっと惜しいなと感じてしまう部分もなきにしもあらずなれど、このいけ好かないベラ女史による現代文の授業を通じ、中島敦に続く、新たなる巨大な存在に出会ってしまう。

沢木耕太郎の『深夜特急』である。

これが応《こた》えた。

『深夜特急』とはすなわち、全編自由の謳歌だ。若さという名の宝石と等しき貴重な時間を、わざわざ乗り合いバスを使って香港を出発し、はるかロンドンまで目指すという、非効率もはなはだしい目的のために惜しげもなく費やす。

人間は健康を損なったとき健康のありがたさを、不自由を強いられたとき自由の尊さを知る。

浪人生ほど自由の価値を思い知らされる環境もない。

何しろすぐ隣では、つい数カ月前まで同じ高校に通っていた連中が遊び呆けている。ひさしぶりに京都で下宿している高校の同級生に電話してみたら、二日酔だわ、彼女はできたわ、大学には一日も行っていないわ、もはや異世界の住人である。私は心むなしく電話を切る。母親が淹《い》れてくれたほうじ茶をすすり、『英単語ターゲット１９００』をめくる。へえ、「indian summer」って小春日和のことなんだって――。

つらいわ。

最低一年間の自主軟禁生活者こそが浪人生であり、そんな精神的不自由を強いられる若者に『深夜特急』はまぶしすぎた。

しかし、目がやられるとわかっていても、脳内劇薬だと知っていても、読むのをやめることができない。

家と予備校の往復しか許されない私と、地続きの大陸をどこまでも乗り合いバスで突っ切る青年沢木。牢獄の窓から外を眺めるような心の飢餓感を常に持て余しつつ、全六巻を読破した。

そこへ、とある情報が舞いこむ。

予備校の食堂でのランチ中、ひと足早く大学に合格していた高校の同級生が、スペインを一人で旅行しているという話を聞いたのである。

呆然とした。

彼我の差はあまりに明白だった。

片や前年の大冷夏による米不足で、緊急輸入されたブレンド米のマズさを、予備校の安い定食を通じて日々確認させられている私と、片やアンダルシアの燦々《さんさん》と降り注ぐ陽光を浴び、よろしくパエージャなどを食っているのかもしれない友人。

いたたまれなかった。

完全に頭に来た。

しかし、猛烈な嫉妬を感じると同時に、ふと気づかされたのは、彼がスペインに行けるのならば、自分だって行けるではないか、という簡単な事実である。

ミスチルの桜井和寿氏は、長く助走をとった方がより遠くに飛べるって聞いたそうだが、まさに私がそれであった。ふつふつと腹の底でたぎる不自由への怒りをたっぷり溜めこみ大学に入学した私は、最初の夏休みでいきなり一カ月間、ヨーロッパへ飛んだ。本はときに巨大なエネルギーの爆発を導く着火点となり得る。さらには出会いのタイミングによって、爆発の大きさは何倍にもなり得る。

不自由な予備校生活のなかで、極めつけの一冊に最高のタイミングでぶつかることができた私は、きっとしあわせ者だったのだろう。

グッバイ、ローニン

まもなくセンター試験も廃止され、新たな仕組みに移行するという話を近ごろよく耳にするが、高校三年生だった私はセンター試験を受けたのち、しばし浮かれた。

思っていたよりも成績が良かったうえに、センター試験にばかり比重を置いた勉強をしていたこともあり、本当はその後の二次試験こそが重要なのに、少し気が抜けてしまい、しばし浮かれた。

にわかに、やったことのないものに触れてみたいという開拓者マインドがふつふつと高まり、天六（天神橋筋六丁目、日本でもっとも長いアーケード商店街がある）の雀荘に行ってみようと思い立った。

はじめて見る全自動卓に座り、見知らぬ大人たち三人と卓を囲んだ。彼らの麻雀は仲間うちのものとまったく違った。「ロン」と上がりを宣言しても、その後がない。パタリと牌を倒して、「ゴッパ（五千八百点の略）」と言ってそれで終わりである。役の読み上げも、各自が払う点数についての説明もなく、無言で次の場に移っていく。

戦場に飛びこんだと思った。

阿佐田哲也の『麻雀放浪記』を中学生の頃から愛読していた私にとって、気分はもう戦後のどさくさ、窓の外の天六商店街から聞こえる喧噪はこれ、闇市の賑わいである。

とにかく、全自動卓の動かし方から、店の注文システムまですべてがわからない。誰もいっさい無駄口を利かず、ときどき「ツメシボ一」「レイコー」と店の人間に短く告げる声が響くが、メニューも値段表もないので、怖くて注文ができない。財布にはせいぜい一万円くらいしかなく、それ以上負けたらどうなるかわからないので、あてずっぽうの出費なんてできなかった。

ひと口の食事も、一滴の水すらも飲むことがないまま、私は知力の限りを尽くし戦い抜いた。

フラフラになりながら精算したら、店のおっちゃんが五十円くれた。それはすなわち、大人相手に六時間戦い続け、ゲーム代を差し引き、五十円勝ったということだった。うっかり勝ってしまったので、あともう少し浮かれることにした。

今度は新世界に向かった。

やはり、やったことのないことをしようというフロンティア精神に背中を押され、オンボロのポルノ映画館に足を踏み入れた。

最近、映画館では上映前の鑑賞マナーの注意喚起がやたらとやかましい。前のシートに足を乗せるなとか、席を蹴るなとか、そんな乱暴な輩が本当にいるのかと思うわけだが、よくよく記憶を掘り返すと、いっぱいいた。正確には、尼さんがけしからんことになっている映画を見る全員が前列の席に足をかけているため、二列ごとに人が座っていた。暗い映画館の隅で、おっさんがうめいていた。カップ酒のガラスがあちこちで鈍い光を反射していた。

映画館の次は、通天閣の向かいにあるテレクラに入った。目の前の電話がときどき鳴るのを眺めながら、何をするでもなく、左右のブースで大人たちが女を口説くのを興味津々聞いていた。テレクラは不思議と静かな空間だった。と思ったら、隣のブースで突然「あ、課長、今はその、営業先でして」と若い男が必死で言い訳をこしらえ始めた。携帯電話がまだほとんど普及していなかった時代ゆえに、「ああ、こういうことが、これから起こるのだ」と近未来を実感した。

そのとき、私は十七歳だった。

今はもう消えてしまったかもしれない、昭和風俗の猥雑さの残り香に触れられたのはきっとよい経験だったのだろうが、あの浮かれタイムがなかったら現役で受かっていた気もしなくはない。

一年間を予備校で過ごし、ふたたびセンター試験を受けた。日々の忍耐が実り、それなりの成績を叩き出した私だったが、同じ轍《てつ》を踏むことはなかった。

浮かれ気分になんてなれなかった。

センター試験を受けた二日後に、阪神淡路大震災が発生したからである。

今もむかしも眠りは浅いほうで、それが来る前に、何やら遠くから地響きのようなものが近づいてくるのを頭のどこかで聞いていた。

次の瞬間、ドドドンと来た。

鉄骨のマンションがあり得ない音とともに軋《きし》み、かなり長く揺れが続いたのち、やんだ。

一九九五年一月十七日、午前五時四十六分。阪神淡路大震災が起きた。

予備校は休みになった。会社に向かった父も帰ってきた。徐々に被害の様子が明らかになり、家族全員で燃える神戸の街を映すヘリからのテレビ中継を呆然と眺めた。

私の住んでいた場所は大阪でも南のほうで、ただ強烈な揺れを感じただけで実際の生活には何の影響もなかった。翌日にはビリー・ジョエルのコンサートのために大阪城ホールへ行った。陽性なビリー・ジョエルの歌が、私は好きだった。はじめて生の歌声を聞けるこの日を、一日だけ許す息抜きとして何カ月も楽しみにしていたのに、コンサートはあまり盛り上がらなかった。客席の三分の一は空席で、それはきっと電車が止まっているせいで来ることができない、兵庫からのお客さんの分なのだった。

予備校の教室に、何人か新たな生徒の顔が見られるようになった。クラスの教務スタッフの女性が、神戸校の生徒をこちらで受け入れることになったと説明してくれた。その彼女自身も被災していて、

「一週間、お風呂に入ってないから臭いで」

と自分の袖のあたりを嗅ぎながら、冬でよかった、布団をかぶっていたからタンスが倒れても、ガラスが降ってきても死なずに済んだ、と淡々と被害を語った。

「こっちはホンマ天国やな——。こんな少し電車乗っただけで違うとは思わなかった」と彼女は腹の底から絞り出すようにつぶやいたが、今でも私が後悔しているのは、震災直後の神戸の様子をこの目で確かめに行かなかったことだ。浪人生でまだ二次試験が残っているという言い訳があったとしても、大学生になってからはいくらでも訪れる時間はあった。

特に三宮のセンター街を歩きたかった。確か早朝のニュース中継だったと思う。アーケードの入り口で記者がリポートしているその後ろで、誰かが口笛を奏でていた。ビブラートの効いたとても深い音色が、屋根が崩落したアーケードにめいっぱい反響し、ぞっとするくらい美しく聞こえた。京都からほんの一時間で行ける場所なのに、どうして足を運ばなかったのか。強い悔いが残る。

一個の地震を経て、関西は変わってしまった。

それまで特に東京を意識した物言いとして、関西の人間は「人がよい」「料理がうまい」「地震がない」という三点セットを持ち出し、地元に軍配を上げることが多かった。しかし、三つ目の要素が完全に消えた。誰もが関西では大きな地震は起こらないと信じきっていた。実はあちこちに活断層なるものが潜んでいたなんて聞いたこともなかった。

一年前のように浮かれることもなく、二次試験の日を迎えた。受験番号はやはり3で割り切れなかったが、二度目の挑戦で無事、京都大学法学部に合格した。

それから十日後、今度は東京で地下鉄サリン事件が発生する。生活しているぶんには、身のまわりに特別な変化を感じ取ることはなくても、年が明けてからのたった三カ月の間に、日本は確実に変わってしまったのだ。

ざわついた世間の空気を纏《まと》いながら、私は京都大学法学部に入学する。

「おめでとう。法学部言うたら、青山弁護士の後輩やんか」

当時、かなりの高確率でオウム真理教に絡めたお祝いコメントをいただいた。

もはや二十年の歳月が経過し、あのころの空気感というものを文字で目にする機会もほとんどなくなったように感じるので、あえて思い返してみるに、オウムという組織ははっきり言って不思議だった。

とにかく、テレビによく登場する集団だった。

私が高校生のころ、入信して帰ってこない子に親が施設の外から呼びかけ、ヘッドギアをつけた娘が叫び返すというニュース映像をよく目にした。明らかに異常な状況であるにもかかわらず、オウムはテレビに出るたび、自分たちが何かしらの被害者、社会的弱者であるとしきりにアピールした。見た目と行動はきわめて強権的なのに、弱者を気取るちぐはぐさが不思議だった。だから、ついテレビに出ているとじっくりと観てしまう。

今でも強く印象に残っているのは、松本サリン事件ののち、日に日に強まる「オウムが関わっているんじゃないの？」という社会の疑念に対し、敢然と反論する教団顧問の青山吉伸弁護士（現在は弁護士資格なし）の姿である。昼間のワイドショーに出て、これまた自分たちが被害者であると、ローテンションで主張し続けていた。しかも、その内容が、上九一色村《かみくいしき》（当時）の教団施設に米軍ヘリが来襲し、有毒ガスを散布、信者に健康被害が出ているというかなりのもので、これがその米軍ヘリだと写真パネルまで用意して、深刻な顔で被害を訴える。

これを平気で垂れ流すテレビもテレビであったが、私はとにかく青山弁護士という人物が不思議で仕方がなかった。あのころの司法試験は合格率が一％だかの「報われない人間があまりに多すぎる」試験として名を馳せていた。それを青山弁護士は四回生、その年の最年少記録で合格した。私が入学した頃でも、彼がまとめた「青山ノート」なる司法試験用の虎の巻が存在するとまことしやかに噂されていたくらいだ。

「それほどの俊英ならば、もし嘘をつくときは、もっとましな嘘をつくのではないか」

やり過ぎると逆に説得力を失うから、普通はほどほどに嘘をつく。しかし、客観的視点が常に欠落し、あくまでズレまくった主観のみが存在するのがオウムの真髄である。

結果、やり過ぎてしまう。青山弁護士も真面目な表情で米軍ヘリの写真パネルを掲げる。そのロジックをまだ知らない私は、いちいちつじつまが合わぬものが画面の向こうで平然と居座る様子をひたすら不思議と感じるほかない。

三月、警察は教団サティアンを捜索し、四月、大学生となった私はサークル探索を開始した。タダめしが食えると新入生歓迎飲み会に顔を出してはカラオケに興じ、あるときその場で出会った先輩とチャゲアスを熱唱し、たいそう楽しかった。とても明るい先輩で、悩み事などかけらもないような、陽性のオーラを発しまくっていた。

その日、一度きりの出会いだった。

後日、彼がオウム信者だと聞いた。

ショックだった。これほどの凶悪事件の首謀と判明しても、信仰が続くこともよくわからなかったし、何より本人の感触とあのオウムとのイメージがまったく一致しないことが不思議だった。

オウムは私にとっていつもちぐはぐだ。

だから、いつになっても忘れることができない。

第二章　べらぼうくん、京大生になる

都のかほり

体育館で行われた入学式、スーツを着てぼんやりと学長の話を聞いていたら、隣の男に話しかけられた。

「じぶん、司法？」

ほえ、と思った。

京都大学の法学部には学科の区別がない。法律系、政治系、歴史系、経済系のなかから、好きに授業を選択し、規定の単位数を取得すれば卒業という仕組みを採用している。高校・予備校時代、周囲に法学部を目指す連中はいたが、弁護士になりたいという人間を見たことがなかった。ゆえに法学部を目指すのは、法律よりも政治に興味がある者が大多数だろうと勝手に思いこんでいたら、現実は逆だった。

中学・高校で学校生活を平々凡々と過ごしながら、いったい何があって弁護士を目指そうと思い立つのか不思議で仕方がなかったが、法学部新入生の半数以上が弁護士志望だった感触がある。

彼らはたいてい、やる気マンマンだった。何しろ入学早々、司法試験のため塾に入るという。しかも、その司法試験なるものは、一回生から勉強づけの日々を送っても、四回生でストレートで合格する確率は極めて低い、とにかく激ムズな資格試験なのだという。

正気の沙汰ではないと思った。

やっと予備校の一年を終えたばかりなのに、さっそく次の試験勉強に励もうとする。そのモチベーションの高さが、理解できないを通り越し、もはや頭が受けつけない。

私が司法試験に興味がないと見た隣の男は、さらに質問を重ねてきた。

「じゃ、国I?」

解説するが、国Iとは国家公務員I種試験（当時）。いわゆるキャリア官僚になるための試験のことだ。

「国Iなあ——」

「じゃ、外試?」

こちらは外交官試験。外務省のキャリア外交官になるための試験である。今は国Iに吸収されて消滅した。

「外試なあ――」

これらの問いは、入学式の時点でいきなり卒業後の進路を確認せんとするものだ。意識高いにも程がある。そんな明確な目標などあるはずもなく、ノリの悪い受け答えに終始していると最後に訊ねられた。

「ああ、そっか。じゃ、民間？」

衝撃を受けた。

「民間？」

思わず鸚鵡返しした。社会の大半、いやほぼすべての仕事が民間に存在すると思われるのだが、何であるか、その「格の落ちる、残りその他」扱いは。英語で言うところの「the others」的仕分けは。誰だ、お前。ひょっとして皇族か。

全体入学式ののち、次は場所を移動して学部ごとの入学式が行われたが、すでに私は察してしまった。

この大学の学生はとても真面目である。

よくよく考えてみれば、高校でも、昼休みも外で遊ばず、特にアホなことを言って人をおもしろがらせるイメージもなく、ひと言でその人物の印象を答えるならば、

「真面目」

の単語が口を突く、そんな面々がやはり京大に現役で合格していた。

「普段、真面目に勉強していた者から先に合格していく」

という受験の真理を一年前に身をもって思い知ったわけであるが、当然の結果として、入学するとまわりの大半を占めるのは彼らだった。

彼らはやたらとはしゃいでいた。

楽勝科目がどうだこうだ、と早くも情報交換に余念がない様子を横目に、私はなぜかおちょぼ口になって、階段状に座席が配置された学部入学式を終えたばかりの大教室を見回した。

ふと、ひとりの男に視線が止まった。

「あ、こいつ怒ってる」

ひと目見て、そう思った。

右脇の通路にぽつんと立ち、学生たちを冷たい表情で見下ろしながら、

「お前ら、全員おもんないんじゃ」

と顔全体が口ほどにものを言っていた。

不思議と彼の感情が理解できる気がしたと同時に、

「あ、こいつ、むかつくな」

という反感も抱いた。

目の前にあるものが、イメージしていたものとどこか違うという、その怒りに似た貴君の不満はわからないでもないが、そこまであらわに表情に出して見下した顔をするのはいかがなものか、というか私は嫌いだな、だって自分までおもんないやつと十把一《じっぱひと》からげに扱われているわけだし――、というのはもちろん、先ほどの民間問答を経て、ももやもやしたフィーリングを引きずる私の勝手な想像である。

その後、ときどき大学構内で彼とすれ違うことがあった。相変わらずいけ好かない男だと思いつつ、何の交渉もなく二年ほどが過ぎた。

そんな彼の素性を唐突に知る機会が訪れる。

学部事務室に用があった際、窓口の前に並べられた刊行物を眺めていたら、彼がいた。

「吉本興業で漫才をしている、法学部在籍の宇治原史規君――」

学生新聞の一面に、彼の顔写真がでかでかと載っていた。

なになにと手にとって読むと、高校時代の同級生と「ロザン」なるコンビ名で活動している。入学したときから、吉本で漫才師になろうと決めていた云々――。

黙って手にした新聞を元に戻した。

すごいやん、と思った。

当時、三回生だった私は将来に対する展望など何もなく、その後十年近く続く暗い沈降の時間を開始したばかりだった。何をしたらよいかわからずただ立ち尽くす自分と、とうに見つけ、そこで戦っている彼。あまりに大きすぎる彼我の差に、皮肉を言う気概さえ失った。素直に尊敬の念を抱いた。

入学式を終え、京都での一人暮らしが始まった。

実家から大学までは電車を乗り継いで二時間弱というところで、通うのが無理なわけではないが、ここはぜひとも一人暮らしがしたかった。

知らない街に、ひとりで住む。

知らないものを経験したい、その手触りを実際に試したいという欲求は、おさなき頃から人一倍強い自覚があって、たとえば高校の理科実験室で掃除していたとき、見知らぬ薬品が入ったフラスコが置いてあったら混ぜてみる。プチ異臭騒ぎになる。会社に入って、パソコンがシステムエラーを起こしたら、そこであきらめシステム部に電話するのではなく、何となくいじってみる。復旧にさらに余計な時間がかかる。ただし、タバコは試したことがない。父親が吸うタバコの臭いが嫌いで、背伸びしたい年頃になってもまったく食指が動かなかった。

十九年間過ごした大阪を出て、年に一回ほど、家族で遊びに行く程度しか知らない京都に住む。

楽しみしかなかった。

下宿はなぜか父親が見つけてきた。ひとりで京大の周辺をウロウロして新築の安い物件を見つけ、勝手に契約してきたのである。フローリング八畳で月々家賃五万八千円、かなりの掘り出し物だった。

京都は予想を超える、完璧な学生街だった。

京都市の人口の一割を学生が占め、さらに彼らが大学周辺に集中して住むものだから、街のあり方が完全に学生向けに特化していた。安い定食屋が和洋中と揃い、古本屋、ブルース喫茶、ゲームショップ、レンタルビデオ屋、カラオケ屋、コピー屋、居酒屋が軒を並べ、夜の二時、三時になってもまるで昼間のように学生がそぞろ歩き、誰ぞの下宿に移動中なのか自転車を四、五台連ねて男女が走り去り、コンビニの前で女の子がふにゃふにゃ歌っている。

唯一、足りないピースだったマクドナルドも進出してきた。しかし、折しもメニュー・デフレ化のまっただ中、ハンバーガー一個六十五円などという無謀な方針を打ち出した結果、私が注文列に並んでいると学生が、

「ハンバーガー、単品で、五十三個」

などと無茶苦茶なオーダーをしていた。

阿呆な学生に対応するのに疲れたのか、マクドナルドは早々に撤退してしまった。それでもほぼすべてが大学の周辺で事足りた。事足り過ぎた結果、入学半年くらいまで、大学のある百万遍エリアからいっさい外に出なかったほどである。

京都といえば、河原町・祇園などが唯一無二の繁華街として名を馳せているが、一年目は二、三回しか足を運ばなかった。自転車でわずか十五分そこらの場所が遠かった。大学周辺に住む友人たちの下宿を行き来して、大学の雰囲気に馴染まんとするうちに、あっという間に一年は過ぎ去った。

全国から集まる若者が同じタイミングで下宿を始め、わけのわからぬ互いの価値観を押しつけ合いながら、無意識のうちに手を差し伸べ合い、それぞれの一人暮らしのスタイルを確立していく。

少子化が進み、大学全入時代が訪れた昨今、大学で教育を受けるレベルに達していない学生が多すぎるとか、いっそ職業訓練学校にしてしまえとか、どうせ勉強しないのだから大学にいても仕様がないとか、何かと言えば「意味」や「成果」を求める世間のムードに大学生も晒されがちであるが、私が思う大学生の本分とは、「意味」や「成果」

を求めず、何者にもならず生きることだ。すなわち、大学生の最大の「うまみ」とは、あらゆるものとの距離感を探りながら、保ちながら、試しながら四年間を過ごせることにあるのではないか。

今も大学に行くなら、東京よりも地方での一人暮らしを断然オススメする。適度に浮世離れした空気を吸いながら、まるでそこにバリアが存在するが如く隔てられた社会との距離を逆手に取り、いかに意味のないことに励み、自身のおかしみを育てるか。

大学にいる間に発生する差というものは、そのあたりに潜む気がする。

世界を見るのよ　LOOK　WORLD

大学に入ってはじめての夏休みが始まった途端、私は勇躍海外へと飛び出した。

かつて海外とは文字通り、遠い彼方だった。

高校生の頃まで、ＪＡＬや全日空の新聞広告には、ヨーロッパやアメリカへの往復チケットが五十万円や七十万円といった価格で掲載されていた。まさに「ざます」を語尾につけるようなマダムか、落合信彦級の世界をまたにかけるビジネスマンだけが行けるイメージ、それが海外だった。

そこへ「自由化」の波がやってきた。敷居高き「ざます」の壁が崩れ、大学に入ったばかりの青二才でも、世界にハローなんつって手を振ることができる時代が到来したのである。

私のもとにも、まずは精神的自由化が訪れた。

言うまでもなく、沢木耕太郎著『深夜特急』である。多くの若者の将来を過《あやま》たせたこの本がもたらした効果は絶大だった。活字を通して彼方との距離が消えた。遠きものが近くになり、行けるはずのない場所が行くべき場所へ意味を変えた。

さらに、物理的自由化が訪れた。

私が大学に入学した九五年あたりを境に格安航空券なるものが世に現れ、ヨーロッパへの往復チケットが十万円そこらで売られ始めた。ほんまかいな、と思った。当時、その手のチケットを扱う店は、薄暗い小さな事務所を構え、謎のアルファベットを並べた屋号を掲げ、気難しげな髭モジャのおっさんが一人、二人で座っていることが多く、しかも古本屋街の隅であったり、釣具屋の中のなぜか独立したカウンターであったり、半地下の外から見えそうで見えない場所であったり、とにかく胡散臭《うさんくさ》げな店構えが多かった。

周囲に海外一人旅経験者もいなければ、黎明期ゆえ書籍からの情報も得られず、いくつか店を回り、少しでも安心できる雰囲気を探った。結果、難波の駅前雑居ビルで、いかにも海外旅行の経験豊か、歴戦の強者《つわもの》感をむんむんと醸し出す三、四人が営業する小さな店を見つけ、チケットを買った。ここもやはり店名にあやしいアルファベットを並べていた。こぢんまりとしたオフィスで「お前、ひとりで大丈夫なんか」という正直な視線を受けながら手続きした。

かくして、新卒を三百人も採る会社となった現在の姿など、当時は想像すらできなかった夜明け前の「H.I.S.」で、私はヨーロッパ行きチケットを手に入れた。ユーレイルパスとトマス・クックの時刻表も手に入れた。ガイドブックは買わなかった。『深夜特急』を読みこみ、マドリッドのプエルタ・デル・ソル広場に行けば何とかなると思いこみ、ふらりと旅に出た。

これが何とかならなかった。

スペインからスタートして鉄道とバスを使い、バックパックを背中に一カ月間気ままに、優雅に欧州周遊と決めこむはずが、途中のイタリアで盛大につまずいた。ヴェネツィアの海水浴場で置き引きに遭い、見事にすってんてんと相成った。パスポートも航空券も現金も失い、国籍も名前も自己を証明するものすべてを喪失し、

「うわー、安部公房の不条理シチュエーションみたい」

とヴェネツィアの空に向かってぽかんとした。

有り金すべてを失ったため、財布の中は置き引きの現場にいた日本人から何とか借りた二万円ぽっきり。これでは日本に帰れない。

その後の復活劇は、十九歳の若者にとって結構な経験になった。

取りあえずローマに戻って、日本大使館でパスポートを再発行してもらうことを第一の目標に定めた。

ローマでは一泊千五百円のドミトリー宿に泊まった。日本人が経営していたこともあって、宿泊客も日本人が多く、シビアなこちらの状況にいたく同情してくれ、食べかけの缶詰や、ギリシャのエロ本を差し入れてくれた。エロ本をプレゼントしてくれた人のバックパックには、これまであちこち回ってきた国々で購入した猥褻図画が山と詰め込まれていた。曰く、困ったときはこれ。国境でトラブったときは金を渡すより、こっちのほうが断然役に立つ。先月もピラミッドの頂上まで登って係員にしょっぴかれたが（今は禁止されているが、かつては登ることが可能で、ちょうど規制がかかり始めたグレーな時期だった）、一冊進呈したら釈放してくれた、エジプトじゃ絶対に手に入らないし、もち罰金ナン——、と自信にあふれた表情でその絶大なる効用を説いてくれた。

世界は変わらず平和だったが、私のサバイバルは続いていた。

不思議と海外旅行に出る人は、その国の暗部が見える人と、見えない人とに二分される。物乞いが見えない人がいる。売春婦が見えない人がいる。貧困が見えない人がいる。ジプシー（ロマ）が見えない人がいる。見えない人は「え、そんなのいた？」で終わりである。観察力の差もあるし、相手を招き寄せる資質もあるやもしれぬ。ノンフィクションを書く作家は、この暗部を探り当てる力が抜群に強く、「見えない人っていますよね」という話をすると「え、そんな人いるの？」と逆に驚かれる。

このとき私は日本屈指の「見える人間」だった。さらに相手を引き寄せる力も抜群に漲《みなぎ》っていた。

大使館へ臨時パスポートの申請に向かう途中、横断歩道の先にジプシーの少女が四人並んでいるのに気づいた。私は早々に進路を変更した。しかし先方も進路を変え、私に向かってくる。周囲の観光客には見向きもせず、私に何やらメッセージを書いた段ボール紙を押しつけてきた。瞬時に囲まれ、あちこち引っ張られ、妙な感覚に反射的に腕を伸ばしたら、財布を収めたジーンズのポケットに思いきり手を突っこむ少女の華奢な腕をつかんでいた。

「何でやねん！」

ローマの路上で思いきりツッコんだ。持ち金二万円からじりじりと目減りし、今や全財産が二千円という、本物の極貧男をなぜチョイスする。ボンボン・オーラに引き寄せられるにもほどがあるわ、もう少し心眼を鍛えよ、と心で罵《ののし》ったのち、少女の腕を離した。

めんどくさ。

そんな眼差しを残し、もちろんいっさい謝ることもなく、あっけらかんと少女たちは去っていった。

嫌なことがあったあとは、いいことがある。予想に反し、わずか一日で大使館は臨時パスポートを発行してくれた。

今そこにある危機は、最大限その人の力を引き出すものだなと実感したのは、このピンチに立ち向かう間、我が英語力が急激な上達を見せたことだ。

とにかく、日本に帰る。その一心でローマの航空会社のカウンターに立ち、無一文である現在の状況を必死でプレゼンテーションする最中、無意識のうちに、

「I had my baggage stolen！」

なんて口走っていた。

出た、ｈａｖｅ＋ｐｐ構文。

しかも、過去完了形。まさか、自分がSVOCの第五文型を自在に操る日が来るとは。

カウンターで話を聞いてくれる女性も、こちらの迫力に押されたのか、八の字眉になって「オーマイ」などと言って同情してくれ、帰りのパリからのチケットを手書きで無料で再発行してくれた。格安航空券は再発行不可と聞いていたので、実にありがたかった。


その後、日本との連絡がついたことで帰国までの金策も何とかなり、あれだけ暗闇に包まれ、目の前に踏み出すべき一歩目すら見つからない、という盗難直後の状況から、完全にリカバリーを果たすことができた。


たとえば、いくつかの人生の重要なたがが外れ、今があるとするならば、間違いなく最初の大きなたがが、このときヨーロッパで外れた。

「一見して八方塞がり、にっちもさっちもいかなそうな状況でも、必ずどこかに道が隠れている」


ただの旅行トラブルと言ったらそれまでだが、このとき身をもって体験したおかげで、その後も、何かどえらいことが身の上に起きても、

「まあ、何とかなるだろう」

とほどよくたかをくくるようになった。何より、自分の傾向として、

「一度目はうまくいかない」

　というパターンを把握したことが大きかった。受験にしてもそうだが、情報も経験もないまま挑戦する一度目は得てしてうまくいかない。「自分は運がいい」と断言する人をときどき見かけるが、これは一度目のトライでたまたまうまくいくことが多いがゆえの実感なのだろう。翻《ひるがえ》って、私は一度目のトライはほぼ失敗する。ただし、そういうもんだと知っているので、失敗しても落ちこむことがない。ちなみに、大学二回生の夏はタイを訪れた。今度こそ、平穏無事に旅を終えると決意していたのに、南の島でレンタバイクを借りて風になっていたら見事に転倒。危うく強制帰国の憂き目を見る寸前だった。二度くらい、失敗するのがよいのかもしれぬ。

　一カ月にわたる旅行の間、日記をつけた。

　夜の街がおっかないので夕食後はさっさと宿に戻り、ノートを広げ、その日の出来事を綴った。たっぷり時間があるので、文章だけでなく、詩や絵も書いてみたが、やはり、いちばんしっくりくるのは文章だった。何より日本語だと思った。

　世界に出るならば英語である。

　これは間違いない。そして、私は決定的に遅かった。英語を話す人々に囲まれながら、頭のなかでどれほどおもしろいことを考えても、それを英語で表現できず、薄ら笑うしかないもどかしさ。じゃあ、英語を勉強したらすべて伝えられるかと言えば、それもちがう。向こうの文化に沿ったおもしろさを含有していなくてはならぬ。それを一から学ぶというのも、はっきり言って億劫《おっくう》である。へなへなの左腕で投げるボールを今さら鍛えるより、利き腕の右から放つ、日本語という名のくせのあるボールをさらに磨くべきだと自然と決断した。

それでもプラス一年の留年を加え、大学に在学した五年間、夏には必ずバックパックを背負って一人旅に出かけた。

およそひと月、海外をほっつき歩いたのち帰国する。それから一週間ばかり持続する、まるで新しい眼鏡をかけたときのような、度がズレた感覚に漂うのが好きだった。

駅の売店に立つ売り子のおばちゃんの動作ひとつ取っても日本は独特である。百円のものを買っただけで、何でそこまで丁寧なのか。つい数日前、買ったものを放り投げられ、高額紙幣を出すとあからさまに舌打ちされていた私である。一分の遅延もなくホームに滑りこんでくる電車の正確さにも驚嘆する。言うまでもなく、そんなことを真面目に実現しようと取り組む国は他にない。

当の日本人でさえ、このきっちりさを窮屈だと感じることがある。しかし、誰が決めたでもなく、社会全体でこの正確さ、誠実さを当たり前のように継続できる国民性ゆえ、焼け野原から驚異的なスピードで復活できたのもまた真である。何ごとも一枚のコインの裏表の現象なのだ。

同じく、海外を経験したことで発生するズレにも裏表がある。

大学での五年間、法学部に在籍した。何ゆえ法学部を志望したかというと国際政治を勉強したかったからだ。中学三年生のとき湾岸戦争が勃発し、日本の対応が世界からクソミソに言われたことにいたくショックを受けた。総理大臣以下、一介の中学生に至るまで、何が世界のスタンダードなのか、さっぱりわかっていないという現状を見せつけられ、「そのへんわかりたい」と思ったのがきっかけと言えばきっかけである。

しかし、当然ながら、それらはすぐにわかるものではない。ただでさえ自堕落な生活に流され、勉強への意欲は減退し放題のところへ、この海外一人旅がとどめを刺した。

ざっと四千年前のメソポタミアのことわざに、

「都市は（敵対する）都市にこんにちはと言わない。しかし、人は（その都市の）人にこんにちはと言う」

というものがある。

私が海外から持ち帰った違和感を、このことわざがまるっと語ってくれている。

すなわち、このことわざにおける都市と都市との関係が国際政治だ。一方、海外一人旅とは、訪れた先々で目の前に現れた相手に「こんにちは」とあいさつして回る行為である。

国と国が喧嘩すると、そこに属する国民同士も勝手に仲が悪くなる。相手の顔も知らないのに憎しみ合う。本来は人の集合が国を形成したはずなのに、立場は逆転し、国の都合が人の集合をコントロールしてしまう。最悪の場合、戦争を引き連れてきてしまう。互いにどんな国に属していても、人と人は「こんにちは」と言うことはできるのに、ときにそれを阻害する国際政治とは何のためにあるのだろう、と根本的なところに疑問を抱くようになったのである。

夏休み明け、ゼミの教室では頭でっかちな学生が世界地図を眺め、まるでゲームをするかのようにあの国とあの国がどうのこうのと語っていた。アホらしくてしょうがなかった。気がつけば、私は勉強をすっかりやめていた。

しかし、と今になっては思う。

そこがスタートだったのだ。

まさに頭でっかち、本やテレビを通じてしか知らなかった世界にはじめて触れた。はじめて知識と実際のギャップに気づいた。ナイーブすぎる認識でも、自分なりの現実を捉えたところから本当の勉強は始まるはずなのに、せっかくスタートラインに立ったのに、何かをわかった気になって、何もわかっていないうちに放り出してしまった。

過去を振り返って後悔することはほとんどないが、あのまま勉強していたらどうなっただろう、とは今もときどき考えてしまう。

小説家以外の、もう一つのなんちゃって未来。

とっぴんぱらりの風《ぷう》

こうして文章を書くことを生業《なりわい》としている私であるが、大学に入学した頃はまったくそんな習慣がなかった。小説家になるなんて想像したことすらなく、どちらかと言えば、法学部に入ったことだし、外交官になりたいかな、国連に勤めたいかな、などと高望みしていたが、外交官になるには試験勉強をしなければならない、国連職員になるにも試験勉強をしなければならない、さらに国連は外国語も二カ国語以上話せないといけない、という情報を入手し、入学して半月くらいで早々にそれらをあきらめた。

もう、試験勉強は無理だった。

プロのスポーツ選手が「気力の限界」とうつむき加減で言葉を振り絞り、引退する際の気持ちと似ている――かどうかは知らないが、とにかく、よほど生理的に試験勉強が嫌だったみたいで、小説家になるまでもよく夢に見た。

夢の中での状況はこうだ。

どういう訳か、もう一度、京都大学に合格しなければならない。しかし、試験のために必要な知識や解法を根こそぎ忘却してしまった明確な自覚があり、これからすべておさらいして、準備をやり直さないといけないと気づく。それに必要な膨大な時間と精神的苦痛を予想し、「しんど」と心の底から絶望する――という希望のかけらもない、見るだけ損のバッド・ドリームである。

このあたりに「人生の余力」というやつが垣間見える。私などは典型的な「大学に入って終わり」パターンだった。そもそも、高校三年生になった時点で入学に必要な学力レベルにてんで達せず、そこから無理に無理を重ね、さらにプラス一年の助走を経て、ようやく大学の門を潜ることができた口である。いわばゴールテープを切った途端その場に昏倒、あまりに道中が苦しかったため、レースが終わったのちも、たたった無理が夢にまで化けて出てきたのだ。

いざ入学して周囲の受験事情をヒアリングしてみると、高三の冬休みからさらっと勉強を始め、さらっと現役で受かりました、という連中がときどきいる。大学合格者数ランキングで一位、二位を獲る有名高校出身者にこの手の輩が多い。彼らは疲れていない。これからが本番であるという正しい認識のあり方とともに、何の無理もなく一回生から弁護士や官僚になるための塾に通い、試験勉強を始める。私見であるが、この手の真のエリートは、だいたいあごまわりの骨格が立派である。あご先が少し上を向いていると、さらに野心とエネルギーがたぎっている。相手が本物のエリートか否かを見極めるときは、まずあごのたくましさに刮目《かつもく》せよ。

受験勉強でエネルギーを使い果たし、余力ゼロで入学した私は、その後、慣性だけで宇宙空間を航行するかの如く、京都の星空を無為に漂い続けた。夏休みのたびに出かけた海外一人旅は、今となって思い返すに、カラカラになった燃料タンクを補充するための心の給油作業だったのかもしれない。

ちなみに、先ほどの大学受験を強制的にリトライさせられる夢は、この十年ほど見ていない。その理由を分析するに、おそらく試験勉強よりも、小説を書くという、よほどしんどいことに手を出してしまったからではないか。もしくは、大学を卒業して、いい加減、二十年が経つからか。

そう、二十年後に振り返ってつくづく思うのは、大学とは一個の巨大なコップであり、その中にワアワアと騒ぐ小さな矢印をありったけ詰めこんだ、極めて風変わりな空間だったということである。

そもそも趣味も嗜好も違う。育ってきた環境も目指すべき方向性も違う。てんでバラバラの若者たちが、単に学力テストの結果によって束ねられたのが大学だ。さらに、その特異なるコップ空間のなかにお猪口《ちょこ》を伏せ、小さな矢印たちのエネルギーをいよいよ濃縮した狭小空間こそが「サークル」である。

私が所属していたサークルは変テコだった。どこをどう切っても変テコであり、振り返っても何だかなあと思うこともあまたあるのだが、大学生活のなかでいちばん楽しい記憶も、頭に来た記憶も、悲しかった記憶も、よくよく掘り起こすとサークルに由来することばかりで、自分にとってとても重要な存在だったことは認めなければならない。

このサークルに所属した二年間に、いくつかの長所でもなければ短所でもない、いわば自分の底に湧く「源泉」のような存在に思いがけず気づかされることになった。

たとえば他人の文章が気になることを知った。

何かと言えばレジュメが用意される、妙に文書主義なサークルだった。とはいえ四角四面な文章ではなく、まじめなような、ふざけたような文体で内容を記述する習慣が代々受け継がれていた。自分に担当が回ってきた際、このサークル文化に従い、私もまじめにふざけつつレジュメを書いてみた。

ブログもない。ツイッターもない。日記でもしたためぬ限り、無用に文章を書く必要も、それを発表する場も存在しない、まだ無音の時代だった。それなりの文字数をしたためる機会なんて、試験問題の解答くらいのもので、要は文章を書くことは、必ず、楽しくない時間とセットで訪れた。表現とは無縁のただしんどいだけの時間であり、うまく書けたことなんて一度もなかった。

それが思わぬ必要が生まれ、試しにレジュメを好きに綴ってみた。何だか、うまく書けた気がした。幼いころより文章の才能の持ち主とは、たとえば教室の後ろにある日、唐突に新聞もどきを貼りつけ、独特な文章表現で教室の日常を活写し、人を簡単に笑わせることができる奴――、となぜか強く思いこむ向きがあった。自分とは完全に無縁な素養と思いこんでいたら、意外とおかしみある文章を書けてしまった――気がしたのである。

もっとも、まわりは私の文章を特にはおもしろがってくれなかった。一方で私はまわりの文章が気になった。流れをこう変えたら、ここで区切ったら、この単語に置き換えたらもっとおもしろくなるのに、と勝手に心のなかで注文をつけてしまう。

今に至る源泉がここに発生する。

もしも、あなたが将来について、手がかりが見つけられず悩んでいるのなら、他人の成果を見て「こうすればいいのに」と自然に、もしくは簡単に発想が湧いてくる分野に注目してみよう。同じ視点を他人が持ち合わせていないようなら、その対象に関し、あなただけの源泉がささやき始めている可能性が高い。

とはいえ、二十一歳になるまで、私も自身の源泉の存在に気づくことはなかった。

キッズ時代から苦手な質問は「将来の夢は何?」であり、苦手なシーンは成功者（特にプロスポーツ選手）が「願えば夢は必ず叶う」と子どもに笑顔で説く時間だった。

スポーツは人生の縮図になり得るが、スポーツの成功は必ずしも人生に帰納しないんじゃないの、なんてひねたことをうつむきながらつぶやく十代の私は、非常に愚かな話だが、進学校に入ると自動的に大学受験という進路が決まったように、大学に入学すれば次の行き先を記したチケットが自然と降ってくるものだと本気で思っていた。「願えば夢は叶う」イズムにはなから否定するくせに、同じ構造である「京大入れば人生はバラ色になる」イズムは無根拠に信じていたわけで、どうしようもない。

当然ながら入学しても何も起こらなかった。誰も行き先など教えてくれないし、自分で探すしかない。しかし、私には何もない。何も芽生えてこない。ポカンと口をあけ、空を見上げ、

「やりたいことは何ですかー」

と訊ねてみても、答えはナッシング。鴨川の川べりに腰かけ、近所の出町ふたばの葛まんじゅう、柳月堂のくるみあんパンを前歯でちまちまと囓《かじ》りながら、

「まーちゃん、俺たちもう終わっちゃったのかな」

と水面に問いかけてみても、イムジン河水清くとうと流るるばかりである。

三回生になると、私は完全に宙ぶらりんになった。サークル活動は二回生で終了し、授業は週に一コマ出席するだけ。何もやることがないなと思うのに、友人に毎日暇だろと指摘されると、それはそれで忙しい気がしてくる。

感覚が研ぎ澄まされつつあったのか、それとも摩耗しつつあったのか、伴奏が控えめな音楽がやけに耳に沁み始める。ヒゲを伸ばしてみる。司馬遼太郎の『花神』第三巻、お気に入りの四境戦争のくだりばかり繰り返し読む。なぜか「安室奈美恵の孤独は自分だけがわかる」と確信し、学食でひとりきりしめんをすする謎の全能感が数週間、持続する。

ひさしぶりに大学で授業を受け、下宿に戻る途中のことだった。

自転車に乗って大学の正門を出たところで、正面から風が吹いてきた。

風は見事なくらい、何もない自分の真ん中を通過した。

その瞬間、この気持ちをどこかに書き残さないといけない、と思った。

きっと、このぽっかりとしたあてどもない感覚は、あと半年もしたら消えてしまうだろう。四回生になって就職活動が始まると同時に、これだけ己の内側を透明に染めて占拠しているこの感覚も忘れ去ってしまう、そこにあったという事実さえも思い出せなくなってしまうだろう、そんな予感がしたのである。

突き上げられるような衝動の赴くまま、私は唐突に長編小説を書き始めた。なぜ、小説だったのかはわからない。表現の手段が限られていたのは幸運だった。今なら、自転車に乗ったまま次の信号待ちの間に、スマホで電線が横切る空の写真を一枚撮って「#透明#な自分#なーんも#ないない」なんて添えてSNSに投稿。友人からの「いいね」を七つほどもらって、せっかく大きく育つかもしれぬ可能性を、下宿に戻るまでに消費し、すり潰してしまっていたかもしれない。

二十一歳の秋。

唐突に「やりたいこと」が芽生えた。

それから一年間かけて、長編小説を書き上げた。

フィフティ・フィフティ

大学の先輩にヤマハさんという人がいた。ねっとりとした声質なれど、はきはきとしゃべるという相反した特徴を持つ彼は、色白で、唇がいつも鮮やかなくらい赤かった。

ヤマハさんはとにかく頭の回転が早かった。早すぎて私の目にはただのあやしい人に見えた。ヤマハさんは私より二つ年上で、ウィンダムの新車に乗っていた。バイトで稼いだ金で買ったとかで、いくらしたのかと訊ねたら、「三百万、キャッシュで購入やね」とけろりとした顔で教えてくれた。

ヤマハさんには図抜けた商才があった。彼の普段のアルバイトは百貨店の地下食品売り場でのカステラ販売員で、たまさか同じシフトに入った友人曰く、とにかく口が達者で、瞬く間にご老人にカステラを売りさばいていたそうだ。しかし、カステラバイトで三百万円の新車は手に入るまい。いったい何で稼いでいるのやらとあやしく思っていたら、ヤマハさんが電話をくれた。

「万城目くん、大学生には就職活動というものがあるわけ」

当時、私は二回生で、その電話ではじめて就職活動なる世の習慣を知った。まだ「シューカツ」という略語が誕生していなかった時代である。ついでに、三回生の後半になると企業からエントリー用資料が下宿に郵送されてくる、という事情も教えてもらった。

「何で、下宿に直接資料が届くと思う?」

「確かに。何ででしょう」

「企業が名簿を買うからやね」

そんな仕組みがあるのですか、とウブだった私は素直に驚いた。

「でも、それってよくないでしょう」

「もしも、キミが三回生になって企業の資料が届かなかったら?」

「困ります」

「誰かが渡さないと、会社のほうも万城目くんの住所がわからんわけ」

つまり、ヤマハさんの用件は、私に新入生の名簿を集めさせることだった。それを持って、彼は就職情報会社に売りつけにいくのである。

ヤマハさんは「相場」を教えてくれた。東大生・京大生は一人百円。阪大生は五十円。神戸大生は三十円。

「そんなにくれるんですか」

とまたも驚く私に、

「二人集めるたび、僕とキミで五十円、五十円で分けよう――」

とヤマハさんが持ちかけてきた。

「でも、新入生のときの住所に三回生になって住んでいるかなんて、わかりませんよ。結構な確率で、引っ越すと思いますけど」

「そこは交渉する人間の腕やね」

とヤマハさんは電話口の向こうで不敵な笑い声を上げた。

二週間後、ヤマハさんと大学の時計台前で落ち合った。

「何人、集めてくれた？」

ウィンダムから降り立ったヤマハさんに私は重い紙袋を手渡した。

「千四百人です」

二十年前、入学して早々クラス毎に作る名簿には、全員が住所と電話番号を無警戒に記入していた。私はそれをしこたま集め、コピーを取った。

ヤマハさんが大きなクスノキの下で膝をついた。

「ありゃとぉございます！」

という声が構内に盛大に響いた。

後日、私は七万円をもらった。

こういうビジネスの仕組みがあるという世の現実、さらにはヤマハさんのやり口に私はおののいた。たった一本の電話をかけただけで、彼はいとも容易《たやす》く私と同額を手にしたのだ。さらには、抜け目のない彼のことだ。ライバル会社に話を持ちかけ、二重三重の利益を上げていた可能性だってじゅうぶんにあり得る。

卒業後、ヤマハさんは当たり前のように日本を代表する商社に入社した。そろそろ就職氷河期に入ろうかというタイミングでも、面接した会社すべてが内定を出してくれたらしい。

最後に彼と電話したのは、ちょうど就職活動で苦しんでいるときだった。

「まったく面接で受からないです」

と愚痴をこぼす私に、

「何で、落ちるの」

といかにも腑に落ちない様子で彼が語った。

「だって、向こうが『欲しいな、こいつ』と思うことを予想して話したら、勝手に食いついてくるでしょう。それを考えないと。万城目くんがやりたいことは何なのよ」

ヤマハさんに小説を書いているとは言えなかった。

この文章を書きながら、なぜあのとき、名簿集めになど励んだのか考えてみたが答えは出なかった。七万円という額は大学生にとっては大金であるが、特段金が欲しかったわけでもなければ、悪ぶりたかったわけでも、ヤマハさんと仲良くなりたかったわけでもない。

しかし、嬉々として小悪事の片棒を積極的に担いだ自分がいて、この説明できぬあやうさが、その後の学生生活を少しずつ、確実に揺さぶっていった気がする。

『21-philosophy』

二十一歳の秋、小説を書いてみようと唐突に思い立ったわけだが、実際には翌年、四回生の六月ごろに書き始めた。ざっと八カ月のブランクは、小説の構想中だったのか何なのか。そんな優雅な準備期間、小説家になってからも、一度でさえ確保できたことがなく、いったいどこからその余裕は生まれていたのか、我ながら呆れる思いである。

そう、私は余裕だった。

何一つ、うまくいっていることなどないのに、早々に留年を決め、それでいて心身ともに余裕だった。

大学からの帰り道、風に吹かれて執筆を決断してから、開始までの間に何をしていたかというと、サッカーのフランスW杯を観戦しつつ、その前に一度目の就職活動に挑んだ。

四回生の春にエントリーシートを提出したのは、新聞や広告代理店など計十社。いわゆる「ええところ」ばかりにエントリーし、箸にも棒にもかからず全滅した。この本を刊行している文藝春秋社にもエントリーした。最初の関門である作文のお題は「山一證券」。なぜ、投資経験も社会経験もない学生に「山一證券」を語らせるのか不明だが、バブル経済の残滓《ざんし》である不良債権問題が一気に顕在化し、北海道拓殖銀行が破綻、次いで山一證券が破綻、日本長期信用銀行も破綻、小渕恵三首相が株上がれと願ってカブを持ち上げる——、その後続く、さらに世の中が暗くなる兆しを薄々感じながら、作文をしたためた。

なぜ、新聞を志望したかというと、文章を書く仕事に就きたかったからだ。しかし、ジャーナリズムの精神をかけらも持ち合わせていないため当然落ちる。なぜ、広告代理店を志望したかというと、想像力を試される仕事に就きたかったからだ。しかし、広告が何なのかよくわかっていないため当然落ちる。

片っ端からエントリーした会社との関係が切れていくのを「そりゃ、そうだわな」と納得気味に眺めつつ、私は日本代表がはじめて参加するフランスW杯の開催を心待ちにした。

高校時代、いちばん悲しかった出来事は「ドーハの悲劇」だった。その後、日本代表チームの右肩上がりの快進撃を我がことのようによろこび、応援した。自分たちが進む先に世界の扉が開いていると確信できた幸福な時代だった。文藝春秋を志望したのも、加茂監督率いる日本代表が最終予選で失速し、岡田監督に急遽《きゆうきよ》バトンタッチ、しかし雲行きはいよいよ怪しくなり、ほとんどの雑誌がヒステリー状態になるなか、「Number」だけが冷静なスタンスを崩さず、実にクールだったからだ。日本代表が初のワールドカップ出場を決めた「ジョホールバルの歓喜」の四カ月後、文春に「Number」志望と書いてエントリーした。何ら語ることを持たない「山一證券」についてしたためた作文の結果は、当然ながら不合格だった。

就職活動がうまくいかなかった理由として、単純に高望みしすぎたことに加え、『J.LEAGUE　プロサッカークラブをつくろう！2』（セガサターン）なる傑作ゲームに出会ってしまったことが大きい。

ゲーム史に残る、破壊的な魅力を持つ一本だった。自分が率いる大阪の地元チームを世界一に育てるため、昼夜を問わず監督業に邁進《まいしん》したら（というゲーム）、現実社会の説明会やら、面接やらに行けなくなってしまった。朝までゲームに励み、昼間は寝ているからだ。

おそろしい話であるが、毎日ゲームに没頭するうちに就職活動シーズンが終わってしまった。それはつまり四年で卒業はできぬということで、フランスでいよいよW杯が始まった六月、深い霧に迷いこんだとも気づかぬまま、私はあっさり留年を決めた。同時に、ようやく小説を書き始めた。しかし、これまでまともに小説を書いたことなどない。それこそ小学四年生くらいのときに冒険小説を書いてみようと思い立ち、便箋の一枚目でギブアップして以来のチャレンジである。それでも何となく見よう見まねで書けてしまうのが小説のよいところだが、会話をどうするのかという点でふと立ち止まった。

誰かがストーリーの途中で発言する。それまでの地の文をいったん区切り、改行したのち、「かぎ括弧」のなかにセリフを押しこめる。

そこまではわかる。

問題はその後で、セリフが終わった次をどう書けばよいのか？　これまで読み手として気にもしなかった箇所が、書き手に立場が逆転した途端、急に気になってくる。

私は本棚の文庫本を手に取り、いかようにその部分が処理されているのか探った。

すぐさま、私の悩みにドンピシャで応えてくれる作家にぶつかった。

村上春樹である。

セリフの次の一行で「と言った」という部分をどう表現したらいいのか？

この悩みに対し、世界の村上春樹の答えは明確だった。

「と言った」をそのまま使えばよい。

たとえば、

「ほんまかいな」

と僕は言った。

というように。

私の愁眉《しゅうび》は一気に開いた。

さっそくこのハルキ・メソッドを取り入れ、長編小説を書き始めた。なぜ詩でもなく、短編小説でもなく、長編小説だったのか。明確な理由はない。ただ頭に浮かぶ筋を書き続けたら、長編小説になった。執筆期間は一年と四カ月。留年してとうに五回生になった秋、原稿用紙三百五十枚の作品が完成した。

ジャンルで言うと青春小説だろう。

等身大の若者の悩みという名の、単なる自分の悩みを、特に何も起こらない日常の流れに落としこむという、世界でもっともおもしろくない小説の王道パターンを私も例に漏れず踏んだ。

中学・高校時代からの友人、まわりでいちばん本を読んでいた大学の友人、当時付き合っていた女性、三人に読ませた。

「気持ち悪い」

と全員から言われた。

作品をどこぞの小説新人賞に送ることもなかった。それきり、の失敗作だった。それでも書くことをおもしろいと思った。内容は全然ダメとわかっているのに、不思議とこれから練習すればもっとうまくなるはず、という根拠のない手応えがあった。それは運動系クラブにまともに所属した経験のない私が、はじめて味わう上達の感覚だった。

このはじめの一歩から二十年が経ち、実は今もひとつの後遺症が尾を引いている。

「と言った」を書けなくなってしまった。

あまりにこの一作目で「と言った」を濫用しすぎた結果、これって村上春樹の真似じゃないか、という内なる反動が生じ、その後、使えなくなってしまったのである。ときにストレートに「と言った」と続けたほうが正解の場面もあるだろう。しかし、デビュー以来、おそらく自分の小説のなかで一度か二度くらいしか登場させていないのではないか。

不用意に近づきすぎた罰なのだろうか。いまだ密かに、ハルキ後遺症に苛《さいな》まれ続けている私である。

今週の書評

今回は少々、めずらしい作品を紹介したい。

今の若い読者はご存知ないだろうが、かつて平成の世にデビューし、奇想天外に寄った作風で活躍した万城目学という作家がいた。

この万城目が大学時代に書いたという作品がどういう経緯か、ネットオークションに流れ、四千三百円という何とも言えない値段で売られていたのを本誌編集者が発見、購入した。その後、本コーナーにて書評してほしいと小生のもとに依頼があり、今回は万城目がデビュー作を発表する七年前（一九九九年）に執筆されたこの作品を取り上げたい。

作品といっても、書籍化されていないため、コピー用紙の束百二十二枚である。原稿用紙換算で三百五十枚というボリュームだ。

編集者から渡された資料によると、はるか昔の二十世紀に書かれた本作品はワープロ「文豪」によって執筆され、感熱紙で一枚ずつ印刷、それをさらにコピー機で複写したものらしい（コピー用紙、ワープロ、感熱紙、コピー機についての説明はここでは省略）。

表紙には、このように没後、他者の手に渡る可能性を考慮してか、万城目本人による手書きコメントが記されている。

「死後、未発表作品が発見され、無理矢理原稿を公開されてしまう作家がいるが、あんな気の毒なことはない。世に出すレベルに達していないと本人が判断したから未発表なわけで、それを貴重な研究材料だなんだと理由づけて発表するのは、生者の傲慢、死者への冒瀆だ！」

かなり、めんどくさい人物だったようである。

作品タイトルは『21-philosophy』。「二十一歳の哲学」という意味だろうか。

資料には「万城目は話のいちばん肝心な点を、一般化されているとは言い難い英単語を持ち出して説明を図り、かえってわかりづらくするやり方が大嫌いだった」とあるが、「philosophy」が一般化されているとは言い難く、それをよりによっていちばん肝心なタイトルに持ってきているところに、人とは容易に変節する生き物であることがうかがい知れる。

話はタイトルそのまま、二十一歳の誕生日を迎えた主人公が、大学生の友人たちと将来への悩みを語り合い、何となく明日はいい感じになると無根拠に結論づけ締めくくるという、毒にも薬にもならぬ内容で、小説としての読み応えは限りなく薄い。

途中「自分は透明だ」「真空だ」「泡のようだ」という虚無感についての記述が多少目を引くくらいで、残りは極めて平凡な自分語り、ストーリーらしきストーリーもなく、それが結果として中心を支える部分がない、作中で主人公が語る「真空」「泡」に似た構造を生みだしているが、意図的なものではなく、単に著者の力量が低いがゆえと思われる。

ただし、文章のリズムはそれほど悪くない。短文を重ねてリズムを作るという、のちの万城目作品の特徴が垣間見えるが、もっとも、これは著者が抱いていたという抽象的表現への苦手意識を逆手に取ったやり方だったのかもしれず、この方向性は結果としては吉と出たようである。また、友人同士のやり取りが固定電話だった時代が舞台であり、文字を打ちこめる携帯電話を、主人公が大学の教室ではじめて見たときの衝撃を伝えるシーンなどは、当時の風俗を伝えてくれていて、作品のストーリーとは別に興味深い点だった。

なお、約六十年前、二十世紀の終わりごろに書かれたこの作品だが、自転車で京都の学生が街じゅうを移動する文化は現在と同じだったようである。

文学的価値は皆無の退屈極まりない作品だが、このような稚拙な小説を書いていても、修行を積めばやがて七年後にデビューできる――という視点から、小説家志望者がこの作品を読めば変に自信がつくと思われるが、おそらく万城目本人はあの世で頑としてそれを是としないだろう。

元禄、のち化政、ときどきJポップ

歴史の教科書に記された出来事は、それ自体れっきとした事実で、もはや動かしようのない過去であるが、ときどき、わかるようなわからないようなものが登場することがある。

たとえば、元禄文化。

さらには、化政文化。

簡単に紹介すると、元禄文化の舞台は上方、化政文化の舞台は江戸。前者の代表格は松尾芭蕉、井原西鶴、近松門左衛門、菱川師宣ら。後者の代表格は葛飾北斎、滝沢馬琴、歌川広重、十返舎一九などが挙げられる。

長らく私はこの二つの文化について、もやもやとした感情を持て余していた。

だって、わからないのである。

両者、実は期間が非常に短い。ともに当時の元号「元禄」（1688〜1704）と、「文化・文政」（1804〜1830）の間に栄えた文化ゆえ、それぞれ三十年に満たないブームだったことになる。

特に私が理解できなかったのは、たった三十年で衰退したという歴史的事実に関してだ。景気なら後退もしよう。しかし、文化というものは常に右肩上がり、進化を遂げ続けるものではないのか？　そう、文化がやがて衰退するものだなんて、ヤングだった私は思いもしなかったのである。

私が大学生活を送った九〇年代後半、いわゆるJポップがすさまじく隆盛を極めていた。取りあえずTSUTAYA店頭のシングルCDランキングを、ファンでもないくせに惰性で一位から十位まで借りる行為が、さほど違和感なく受け入れられる空気。そりゃ、ミリオンヒットが年間二十曲以上も生まれるはずだ。

勢いに乗ったJポップの進化スピードはまばゆかった。八〇年代楽曲のどうしようもない重さとダサさ、すなわち一音のメロディーに一単語を乗せられる洋楽に比べ、一音に一文字しか乗せられない邦楽が持つ宿命的リズムの悪さ、情報量の少なさ、それゆえに歌詞に必要以上に英語を入れてしまう技量の低さ――、ずっと不満に思っていた邦楽のダメな部分が見る見るうちに解消されていく。フォークもニューミュージックも歌謡曲も取りこみ、ついに日本人によるポップスが完成されていく様を間近に眺め、私は興奮した。ズルしても真面目にも生きていける気がした。

ほんの一瞬、日本の歌は確かにアジアを席巻した。一九九五年にチャゲアスが伝説の台湾コンサートを成功させた。一九九七年にマレーシアを訪れたら、現地制作のいかにもB級感漂う昼ドラのオープニングで、槇原敬之の歌がメロディーだけまるまるパクられていた。一九九九年に香港を訪れたら、路面店のヴァージン・メガストアの入り口がすべて宇多田ヒカルの新譜で彩られていた。

そんな頃、深夜に音楽番組を見た。

その番組は不思議な構成で、なぜか日本とアメリカと韓国の三カ国のヒットチャートを紹介していた。

アメリカのチャートは、ギャング風の恐そうな黒人の兄ちゃんたちがプールサイドでラジカセを鳴らすPVばかりで、どれも似たような曲を早口で歌っていた。韓国はというと、これが驚くほどアメリカにそっくりだった。打ち込み系ダンスミュージックが次から次へと紹介されるが、見た目も曲も明らかに質が低く、PVも印象に残らない。まったく日本とは違う路線に、韓国がハマってしまっていることは一目瞭然だった。

最後に日本のヒットチャートが流れた。すばらしかった。米&韓とは完全に異なるオリジナリティ、贔屓《ひいき》目なしにダントツの質の高さだった。

青春時代、何らかの文化の頂点に触れ、それを記憶に留めておくことができた人間は幸福だ。

私の場合、それが歌だった。

しかし、そこには落とし穴があった。

『ローマ帝国衰亡史』で知られる歴史家ギボンについて著述された本に、

「文明がその頂点にあるとき、すでに衰亡の種子が芽生えている」

という一文を見つけたとき、何やら大げさな話だなと思ったものだが、ふとJポップの隆盛を振り返ったとき、まさしくこのフレーズがそのまま当てはまることに気づく。

きっと、かつての元禄文化、化政文化の世を生きた人たちも、私と同じ実感を抱いていたのではないか。すなわち、何かしらの頂点があった。それから十年以上が経過した。

依然、音楽はあふれている。十年前に歌っていた人たちも大勢、現役で残っている。ヒット曲もときどき出る。ヒットしなくても、いい曲はたくさんある。それなのに何かが違う。何が変わったのかと問われても、うまく答えられないが、世の中に充ち満ちていた熱量のようなものが消えてしまった、さらにそれが戻ることは当分ないだろうと、誰もがどこか本能で勘づいている。

二〇一〇年あたりだったろうか。

Kポップのダンス・ミュージックが新たな波となって日本に押し寄せた。少女時代のPVを見て、ショックを受けた。いつの間にか、すべて追い抜かれていたからである。

「ああ、芽が育ったのだ」

刹那、かつての深夜番組が蘇った。

アメリカのヒットチャートにそっくりなダンス系音楽で占められた韓国のヒットチャート。あのときは、何だこれ、とまったく響いてこなかったわけだが、あれから十年が経ち、真に吸収され、洗練され、新たな自分たちの音楽に化けて海を越えてきたのだと、くねくねと見たことのない動きをする少女時代のメンバーの長い足に見惚《みと》れつつ悟った。

どうしたらよかったのか、と自問する。

しかし、どうしようもなかった、と答えが出るのも早い。

あの深夜番組で流れた九八年あたりの日米韓のヒットチャートを見て、あのごりごりのダンス・ミュージックをJポップの主流に取り入れるなんて想像さえできなかった。あまりに世界的流行とは異なる、独自の曲調に進化してしまった日本の音楽シーンには、もはや余白がなかった。その筋合いもなかった。何しろ、日本のほうが断然いい音楽だったからである。

おそらく、ちょうど世紀をまたぐあたりにJポップは頂点を迎えた。同時に世界の潮流からも隔絶された。

そもそもは海外の音楽をまるっと取りこむところから、スタートしたはずだった。狂ったようにビートルズを聴いていた中学生が、ある日ギターを買う。夢中になってギターを覚え、英語がわからなくてもビートルズのメロディーを問答無用で身体に吸収し、己のものへと消化したとき、文化は伝播する。それまで彼を鍛えていた日本の音と海から渡ってきた新しい音が融合し、次の音楽が生まれた。

今の日本に、この風景はあるか。

元禄文化も化政文化も三十年で廃《すた》れた。

以前はどうして持続しなかったかわからなかったが、今ならその理由が自然とわかる。外から新たな養分を加えない限り、第一世代がやり残した部分から、次の世代は伸びしろを見つけるしかない。第一世代が天才揃いの場合、焼け野原しか残らず、自然三十年という一世代分の活躍で流行の幕は閉じる。

クールジャパンなどとふやけた気分で発信している場合ではない。取りこまなくてはいけないのだ。いいものを探し、問答無用で吸収しなくてはいけない。

だから、私はゲームをする。サッカーを観る。映画を観る。特に海外ドラマを観る。質の高い娯楽、その最先端のものが沸騰していそうなところに首を突っこむ。

二〇一八年、BTS《防弾少年団》《Kポップ》が全米チャート一位になった。あの深夜の比較ヒットチャートを見たときから二十年。彼らはついに上り詰めたのだ。

何が出るかな、就職活動

五回生の春を迎え、今度は本気で就職活動に勤《いそ》しんだ。

いわゆる就職氷河期のまっただ中、一年遠回りしたおかげで、頭はだいぶ整理された。

社会に出て働こう。

当たり前すぎることを決めるのに、ずいぶん時間がかかったものである。

言い訳が許されるのなら、私は周囲の環境にすべてをなすりつけたい。

たとえば四回生が終わらんとするとき、法学部の事務室横の掲示板に、四回生の今後の進路について記した一枚の紙が張り出されていた。

そこには「卒業」百五十人に対し、「留年」三百人という目を疑うような数字が書きこまれていた。同級生の三人に一人しか卒業しない。卒業組が断然少数派という、おかしな常識がまかり通っていた。もっとも、この留年率の高さは、おもに弁護士や官僚になりたい人々が試験勉強するためにさらに年数を費やすという、れっきとした理由があるわけで、部屋に閉じこもってゲームに興じ、得体の知れぬ小説を書いている男には何ら正当性を与えぬ数字なわけであるが、ちゃっかり大勢に乗った。

また、すこぶるリーズナブルなことに、留年すると学費が月割計算になるという摩訶不思議な制度があった。たとえば、五回生になると同時に休学届を提出する。休学中、学費は発生しない。京大法学部には卒論が存在せず、ただ試験を受けて必要な単位数を揃えたら卒業というシンプルな仕組みゆえに、年度末の試験シーズン、二月と三月だけ復学し、試験を受け足りない単位数を取得する。すると留年しても一年の学費は二カ月分、わずか九万円ほどで済んでしまうのだ。

なぜにここまで融通が利くのかというと、ひとえに当時の司法試験が激ムズで、司法浪人の身分を保障するという意味合いが強かったはずだが、もちろん私とは無縁の話である。

お財布に優しい制度にのっかり、このままだらだらと大学に居座り続け、そのうちに小説家になろう、とはゆめ思わなかった。むしろ、そういう身の程を知らぬ目標を掲げるのは非常に危険だという本能的な警戒感、いや拒絶する感覚があった。

それはそのまま京都という街に対する畏れの裏返しだった。

通常、留年という言葉には、外聞が悪い、みっともないというイメージがつきまとう。しかし、京都にいると、すべてがへっちゃらになってしまう。就職活動をやろうとやるまいと、特に理由もなく留年していようと、さらには留年を繰り返し八回生という妖怪のような存在になろうと、誰も何も言わない。

常に何かをしなくてはいけない、動かなくてはいけない、とけしかけてくる東京とは正反対の街だった。京都はいつだって何も言ってこない。東京のように若者に焦燥感を植えつけ、がむしゃらに走らせようとする、野心を焚きつける空気がかけらもない。ただ、あなたはそのままでよいのだよと放っておいてくれる——、そんな街を支配する時間の流れを私は畏れた。

京都とは毒沼である。

こんなモラトリアムが充溢した、居心地がいい土地はほかにない。しかし、ゆっくりと確実に、心と身体は毒に蝕《むしば》まれていく。

とにかく、一度、京都から離れなくてはいけない、と思った。

取りあえず、働こう。

ひとまず決断したはいいものの、新卒採用にまつわる就職活動は、まこと荒波を乗り越えるが如き道の険しさがあった。

なかでも、経験もないのに想像でものを言わなくてはならないのが厄介だった。一事が万事、私は具体的な人間である。何事もいっぺん経験し、それからものを考えたい。しかし、採用試験では一度も経験したことのない会社員としての未来について語らねばならない。さらには、面接官とのやり取りでも当意即妙の答えを求められる。これがまた苦手だった。いわゆる、ゼミの討論がまったく駄目な男だった。発言者の主張について、ああでもない、こうでもないと考えているうちに、話題が次に移ってしまう。授業が終わって下宿に戻り、夕飯後、皿洗いなどをしているときになってようやく、

「あのとき、こう発言したらよかったなあ」

と頭に点灯する初動の遅さ。

おいおいお前さん、嘘をつきなさんな、あんなぶ厚いページをすべて作り話で埋め尽

くす小説家なら、よどみなく言葉を並べて、容易く面接官を籠絡できるはず――、なんて声が聞こえてきそうであるが、それとこれとはまったく別の話である。自分で敷いたレールの上なら、いくらでも屁理屈や詭弁を重ねられる。しかし、他人のレールに置かれた途端、不思議なくらい、まるで融通が利かなくなるのだ。

今でも就職活動シーズンになると、電車や喫茶店で企業の資料パンフレットを開き、何やら手元のメモを見ては宙に視線を戻し、ぶつぶつと口元でつぶやいているスーツ姿の若い男女を見かける。きっと、面接の場で話すべき内容を暗記・復唱しているのだろう。

私はこれもさっぱりだった。たとえば、「今日の自己アピールタイムには、この三つの話を披露しよう」と決めて面接に挑むのだが、面接官の前に座るやいなや、二つがポンと飛び、残りの一つもロクに話せぬていたらくだった。

それだけに当時、私のいちばんの関心事は、

「ライオンプレゼンツ『ごきげんよう』に出演する芸能人は、なぜあんなにすらすらとサイコロトークを披露できるのか?」

だった。

サイコロの目は六つある。それぞれに「腹の立つ話」「初めて○○した話」「情けない

話」など、お題が設定してある。たったひとりの面接官の前ですら、三つ用意したネタのうち二つが飛ぶ。しかし、番組に招かれたゲスト芸能人は、何台ものテレビカメラと大勢の観客に囲まれ、さらには小堺一機が眼前に控えているにもかかわらず、

「いやあ、この前ですね」

と実にスムーズに話を始める。私が採用面接の場で受けるプレッシャーなんて比較にならぬ緊張状態であろうに、六つ用意しているはずの話から、よどみなくチョイスして披露する。その際、言葉に詰まったり、ど忘れしたりといったシーンをついぞ見かけたことがない。

当然、私は邪推した。

これはきっとサイコロの目が出たところで、いったん収録を中断。ディレクターがあらかじめ用意していたカンニング用紙を持って駆けつけ、これから話すべき内容をゲストが頭に詰めこんだのち、収録を再開しているにちがいない――。

しかし、奇妙なことに、私が画面をいくら注視しても、撮影中断の痕跡を発見できない。ゲストが投擲《とうてき》したサイコロが停止、小堺一機がそれを抱え、客席とお題を復唱したのち、応接セットに帰還。すると、すぐさまゲストがエピソードを語り始める。どれほど続けて監視しようとも、流れるような一連の『ごきげんよう』作法に、編集で細工さ

れた形跡は見当たらなかった。

ほどなく、私は敗北を宣言した。

しぶしぶながら芸能人のプレゼン能力に対する認識を新たにした。

その後も『ごきげんよう』の謎を心に抱えていた私であるが、作家デビュー後、ひょんなことがきっかけで、その秘密を知る機会に恵まれる。

「エウレカ！」

と叫び、謎が氷解する日は唐突に訪れた。

かれこれ十年前の話になるが、拙著『鹿男あをによし』がテレビドラマになり、さらにDVDボックス化されるに際し、オーディオコメンタリーなるものを収録する運びになった。

はじめて、ドラマ内でしゃべる鹿の声を担当していた、山寺宏一氏とお会いした。ちなみに台本に記された山寺氏の役名は「鹿」の一字だった。

コメンタリー収録は「鹿」司会進行のもと無事終了。その後、打ち上げの席でのことだ。

ふとした拍子に、山寺氏が『ごきげんよう』出演経験者、しかも三度もの出演歴があることが判明したのである。

何たる僥倖《ぎようこう》。

十年越しの疑問を解決するチャンスを前に、私はおののいた。

すなわち、就職活動の面接の場で多くの若者が経験しているであろう、複数の話のネタを記憶し、それをスムーズに披露することの難しさ。一方で、『ごきげんよう』では今日も最大六つの話のネタを用意しているはずのゲスト芸能人が、サイコロの目に合わせ、自在にお題を頭の中から引き出し、悠々開陳している。この差はなんぞ――？　という積年のクエスチョンを、私は興奮でほとんど声をうわずらせながら山寺氏にぶつけたのである。

そんなことはじめて訊かれた、と笑いながら山寺氏が回答してくれた内容は、まったく予想だにしないものだった。何ということか、「番組の収録前にゲストが用意する話は、一つか、二つ」なのだという。

「え、どういうことですか？　サイコロの目は六つなんだから、それだと足りないではありませんか。あ、出る目をコントロールできるってこと？　まさかのサイコロに細工？」

などとひとり勝手に先走ろうとする私に、山寺氏はおそるべき『ごきげんよう』の真髄と呼ぶにふさわしい秘密を教えてくれたのである。

それを聞いた瞬間、

「ひとりマジシャンズ・セレクトやん」

と心の底からしぼり出すようにつぶやいた。

ご存知だろうか、マジシャンズ・セレクト。

「自分で選択したつもりが、実はマジシャンに誘導されている」

という、予言のマジックなどで人知れず使われる心理テクニックである。

つまり、『ごきげんよう』のサイコロトークそのものが、仕掛けられた一個の大きなトリックなのだ。

よくよく思い返してほしい。サイコロの目に書かれているお題を。

「腹の立つ話」

「初めて〇〇した話」

「情けない話」

などなど。

そう、人の話を分解すると、たいていこれらのお題が、その内容に含まれるではないか。

たとえば、

「生まれてはじめてカマドウマを見て、びっくり仰天して尻餅をついてしまった。今も尻が痛くて腹が立つやら、情けないやら」

という話を一個用意しておけば、驚いた話であれ、腹が立つ話であれ、生まれてはじめての話であれ、どんなサイコロの目が出ようと対応できる。

そうなのだ。話題の選択権をサイコロという偶然に委ねているように見せておいて、実は結論は投げる前から決まっているという、マジシャンズ・セレクトの高度な応用が、あのサイコロトークには秘められていたのだ。

かくして、長年の『ごきげんよう』の秘密を解き明かし、最高にすっきりとした私だが、結果、判明したのは、やはり人間が緊張状態で頭に用意できる話のネタはせいぜい一つか二つ、就職活動の面接でのスピーチが極めて難しいという話に変わりはないよね、という単にスタート地点に戻っただけのお粗末なオチで素直にアイム・ソーリー。

就職戦線ブルース

私が日々就職活動に勤しんだ一九九九年の春といえば、現在待ったなしで突入しつつある超人手不足時代とはまるで正反対の圧倒的買い手市場、新規求人倍率は地を這うような0・8という低さをマークし（二〇一九年四月の同数値は2・48！）、いわゆる超就職氷河期やら、失われた十年やら、最近では「人生再設計第一世代」というネーミングをいただくやら、とにかく景気の悪い世相のど真ん中に位置したわけだが、では、果たして実際に就職活動の内容が地獄のように厳しかったのかと問われると、これがよくわからない。

確かに挑んだ面接は軒並み落とされ、メンタルはいたく落ちこみ、「自分は世の中に必要とされていない」とありがちな弱音を吐き捨て、ノートに黒電話の絵をぽつんと描いて「鳴らない電話」などとタイトルをつけてポエミー暗黒面に落ちかけたこともあった。

ただし、これが時代のせいか否かは判然としない。こちらが世間知らずの温室育ち、ぼんくら指数高めという、頼りにならぬ就活生だったことは疑いなく、今の超売り手市場に大学生の私が投入されたとしても、バリバリと内定をゲットする連中を横目に、黒電話から進化して「鳴らないスマホ」を描いていた展開に変わりはなかったはず。

最近、吉野源三郎著『君たちはどう生きるか』という一九三七年に書かれた本がベストセラーになったが、発売当時の世相について作家の門井慶喜氏が、

「大正デモクラシー以降、大衆が初めて親と同じ職業を選ばなくてよくなったからなんですよ。だから、『君たちはどう生きるか』と問いかけたら、ビビッとくる」

とおっしゃるのを聞き、ハハアと納得すると同時にふと連想したのは、己の就職活動時期に漂っていた世の中のムードについてだった。

何やら矛盾した話だが、二十年前、超就職氷河期などと言われていたくせに、不思議なことに学生の間で、

「何が何でも就職する」

という気概は今よりもずっと薄かった。あくまで確証もない、時代の空気からすくい取った淡い感覚ながら、

「そんな無理して、企業に就職することもないいんじゃないの?」

という不景気を前にあきらめているわけでもない、モラトリアムの延長を求めているわけでもない、何とも不思議な「自由の気配」がほんの一瞬、世間を風靡《ふうび》した気がする。

ちょうど「自分探し」なる言葉が生まれたのも、このあたりだった。親の世代から続いていた「ええ大学、ええ会社、ええ人生」という一本道モデルが瓦解する様を間近で目撃し、世紀末の若者たちは戸惑っていた。『君たちはどう生きるか』の時代、大衆がはじめて職業選択の自由に晒されたように、

「会社に就職して働くのが正解なわけではないんじゃないの？　他にも選択肢はあるんじゃないの？」

と若者たちは野放図に広がる、かつてない自由に誘われた。今となっては、我々はそれがあまりに危険なささやきだったことを知っている。現在に引き継がれる多くの社会問題が、このとき大量の若者が正規雇用されなかったことに起因しているのは周知の事実だ。

価値観の急激な変化に社会が対応する前に世間に放り出された若者は、何もない荒野さえ「自由」と錯覚した。あのとき「フリーター」という言葉にすら、自分で自分の人生を決める肯定的なニュアンスが宿っていた。

そんな時代の空気にふわふわ漂いながら、手当たり次第にエントリーシートを送り、面接に漕ぎ着けた会社のなかに富士フイルムがあった。

あらかじめ断っておくが、富士フイルムに対して何の他意もない。単に就職活動中、あまた受けた面接のなかで、今もときどき思い返すくらい印象深かった、それだけである。

若者が毎日の生活に倦怠感と虚無感を募らせると、不思議とカメラという存在に心引き寄せられるのは、今も昔も変わらぬ定番の寄り道コースであるが、大学生だった私もご多分に漏れず、それっぽい風景写真をそれっぽいアングルで撮るのが好きだった。

しかし、一つ問題があって、それはカメラの質の差なのか、撮影時の演出の有無なのか、もっと違う色合い、違う質感で、要は雑誌に出てくるような写真（私の場合、それは往々にして緑がかって、ピントがぼやけ気味で、ザラついた質感を持つ一枚を意味する）を撮りたいわけだが、手持ちのコンパクトカメラでは望む雰囲気がまったく出ない。きっと、自分と同じように物足りない気持ちを抱いている人間は多いだろうから、「それっぽい写真」を簡単に撮る方法がわかったら、さぞニッチな需要を満たすだろうな、という思いをぼんやりと抱きつつ、面接に向かった。

当時の私の面接パターンとして、相手の会社と自分との接点を探し、こうしたらもっと御社と若者との精神的、物理的往来が増えるのではないか、という視点からアイディアを提示するも、まったく相手の琴線に触れぬまま面接は盛り上がらずに終了——、そんな展開がもっぱらだった。

富士フイルム面接においても、私は特別な販促用冊子を作り、「それっぽい写真」の撮り方を今で言う「意識の高い子」にアピールしたら、新しい需要を開拓できるのでは、と私案を披露したが、面接官の男性は終始つまらなそうな表情で聞き流し、「我が社に対し、何か質問ありますか？」と最後に促した。

もう、この時点で次の段階へ進む望みはないわけだが、せっかく面接の機会をもらったことであるし、デジカメってどうなの？　という話をもちかけた。このままデジカメが進化し続けたら、フィルムが食われてしまうのではないか？と訊ねたところ、

「ねえ君、画素数ってわかる？」

とため息混じりで説明された。

「今の携帯電話についているカメラの画素数が十万画素、デジカメはせいぜい二百万画素。それに対し、フィルムは一千万画素以上なの。デジカメがフィルムを超えるのは、まだまだ先。もっと君、勉強しようよ」

へえ、そういうものなのか、とそのときは己の不勉強を素直に認識し、当然、採用試験もそこで落とされたわけだが、このやり取りを今でも思い出してしまうのは、その後、片っ端からひっくり返されていく、当時の日本の認識がこれでもかというくらい凝縮されているからだ。

競争の最終勝者は「十万画素」の携帯電話だった。

この面接の数年後にはコニカミノルタがフィルム事業から撤退、コダックは破産、富士フイルム自身も今や大きくその事業内容を変えている。「十万画素」のアイツがまさか二十年後、とてつもない技術の躍進とともに「一億画素」を超えるスマホに化けるな

んて、誰も知る術《すべ》がなかったのだ。

さらに思い返すのは、我がアイディアについてである。

「それっぽい写真を簡単に撮る」

という需要認識は正しかった。それはまさに今を席巻する「インスタグラム」の根っこのコンセプトだからだ。しかし、私の発想は所詮局所的な趣味の充実どまり、さらには企業が費用を負担する販促の一環だ。それに対し、インスタグラムはそれっぽい写真を撮ること自体を利益の中心に据える、という逆方向の発想から、それを世界規模の普遍的な「かたち」にまで昇華させてしまった。この大成功を前にしたとき、もはや負け惜しみすら感じられない。ただただ巨大な時代の流れを前に傍観者でしかなかった、自分の器の程を思い知らされるのみである。

ここで、またひとつ印象的な採用面接の話をしたい。それは四回生の春、お試し就職活動の間に受けた日本経済新聞社の採用試験での出来事だ。

会社員だった父親が購読していた影響で、私は小学生の頃から日経新聞のファンだった。スポーツ新聞であれ、一般紙であれ、いまだに新聞をひっくり返してお尻から読んでしまうクセが抜けないのは、日経新聞の独特なフォームに慣れすぎたせいである。小学生には一面の政治経済ネタは難解だったため、いつも反対側の文化欄から読み始めるのが私の作法だった。テレビ欄がお尻から四枚、紙を経たところにある、というわけのわからぬ作りも好きだった。

日経新聞には文化部志望でエントリーシートを送付した。面接では、あの薫り高い文化欄に携わりたいというよりも、若者と社会とのつながり方について考え、記事を書きたいという、自分の興味に基づいた志望動機を語ったような気がする。

すると、面接官にこう言われた。

「ウチは経済の新聞だからねえ。もし、外為（外国為替）の担当になったらどうするの？」

あ、そのときは外為の勉強をします、とフットワークも軽く答えたら、さくっと落ちた。

それから一年間、就職というものをぽちぽち考えるうちに、少しずつ頭の中身が整理されてきた。

とかく「書く」という仕事の範疇《はんちゅう》に、小説家も、新聞記者も、雑誌編集者もいっしょくたに含められがちだが、よくよく考えると内容は全然違う。

私は自分が書きたいものを書きたい。

このシンプルな欲求があるだけで、書く仕事全般を志望しているわけではない。それこそ外為のように、それまでまったく興味のない分野の記事も書きたいのかと問われたならば、さほど書きたくないというのが正直な心情である。確かに文章の訓練にはなるだろう。でも、訓練ならひとりで出来る。会社が終わってからの時間、ひとり好き勝手に小説を書けばいいじゃないか――。

このへんまで整理したところで、五回生の春、マスコミへの受験はやめた。広告代理店や映画会社など、クリエイティブな香り漂うところに何となくエントリーするのもやめた。就職せずに小説家を目指すという選択は、いのいちばんに捨てた。無理とわかっていたからである。まだ、最初の作品を書き上げる途中の段階ながら、こんな下手では話にならぬ、とはっきりと自覚できた。そのくせ、もしもこの先小説家になれないかもと考えると、まるで己の未来が大きく損なわれたような気がしてくるのである。本気で小説家になりたいなんて、これまでロクに考えたこともなかったくせに――。

かくして、私は現実路線を採用するに至った。

就職するにあたってまず基本方針に置いたのが、

「あまり働かない」

ということだ。

会社に勤めながらも、自分の時間を確保する。休暇も遠慮なく取る。もちろん、就職したら八時間みっちり真面目に働く。己の仕事ぶりが未熟なら残業だってする。しかし、それ以上の過度の忠誠心を求められるのは困る。新人は誰よりも早く職場に来るべしとか、そういう精神論的なものも困る。

とどのつまり、私は穏やかな会社に勤めたかった。

何より小説を書く時間を捻出する必要があった。そのためには、猛烈に働くことを是とする会社にエントリーすることを避けなければならない。お互い不幸な結果になる未来が目に見えている。

そこで、私は分析した。

目を細め、星の数ほどある世の企業から、独断と偏見にのみ基づき、「穏やかではなさそうな会社」を排除していった。

まず、ＣＭをたくさん打つ会社を外した。

ＣＭや広告で露出の多い会社は名が知れている。何をやっているか見えやすいので、学生も自然、エントリーシートを送付しがちだ。では、なぜその会社が露出に努める必要があるのかというと、ライバル企業がひしめく分野で商いをしているからだ。少しでも名を前に押し出し、消費者に手に取ってもらわなければならない。たとえばコンビニをのぞいてみる。右も左もＣＭや広告で宣伝している商品ばかりだ。わずか十五センチに満たぬ陳列棚を確保するため、熾烈《しれつ》なせめぎ合いが日々行われているのだ。

のほほんとした企業がこの競争を勝ち抜けるとは思えない。産業の構造として、われわれ一般の消費者段階に近い商いを、川の流れにたとえ「川下」と呼ぶ。ＣＭを打ち、お茶の間にその存在を日々アピールするのは、もっぱらこの「川下」に位置する会社だ。薄利多売が基本、シェアを巡って競争相手も多い。必然、穏やかではいられまい。翻って、より生産に近い方面を「川上」と呼ぶ。こちらはあまり広告を打たない。商いの相手が個人ではなく、原料などを買いつける企業単位になるからだ。

私が目をつけたのは「川上」だった。

たとえば、国内シェアを独占する原料または高付加価値材料を生産し、それを大きな単位で企業に売りつけ、がっぽり高い利益を弾き出す――、知名度は低くても、人知れず理想の殿様商売を繰り広げている会社がありはしないか。それならば、私もきっちり八時間働き、帰宅してからは小説を書くなど自分の時間を悠々確保できるではないか――。

まるで就職活動のすべてを見極めた達人が迷うことなく「川上」方面に狙いを定め、内定獲得目指し邁進したかのような書きっぷりであるが、現実はもちろん大いに異なる。

とにかく落ちまくり、藁《わら》にもすがる思いで取捨選択を繰り返すうちに理論武装度が高まり、照準が絞れてきただけの話である。

どんな業種に就くにしろ、私は自分の想像力が試される仕事を選びたかった。そこは絶対だった。では、「川上」産業ではどんな想像力を発揮する余地があるだろうか？

ひとつ、好きなエピソードがある。

話の舞台は繊維メーカーだ。繊維メーカーは多種多様な編み方の技術を持っている。そのなかで、ある会社が特殊な生地を作る技術を持っていた。その生地は編み目が大きく、そこに高い技術力が秘められているのだが、いかんせん耐久度が低く、すぐに破れてしまう。ユニークな生地でも使い道がないという理由でお蔵入りになっていた。

一人の営業マンが、この生地を使って服を作ったら？　と思いついた。すなわち、丈夫ではない大きな編み目の性質を逆手に取り、シースルーの生地に仕上げ、それを女性用のカーディガンとして売り出したのだ。

ちょうど就職活動中の一九九九年あたりに街でよく見かけたシースルーの超薄手カーディガン。長年使い道が見つからず眠っていた技術に、技術畑とは関係のない人間が命を吹きこみ、世に送り出した結果、生まれたムーブメントだった――。

就職活動の最中、どこかで教えてもらったこの話に、私は「川上」で想像力を羽ばたかせる余地を見出した。とある技術がある。もしくは素材がある。しかし、活かし方が見つからない。ここに自分の出番はあるのではないか。自分ならではの発想を試し、アイディアをぶつけることで、世にムーブメントを引き起こすことができるのではないか。

徐々に「こんなふうな仕事がしたい」というイメージが固まってきた。さらには、「川上」の企業は自社工場を所有していることが多く、総合職採用の新人を工場に一定期間配属し、現場の実際を勉強させる風習を持っているという情報をキャッチする。工場での研修期間中は、本社にいると強いられる激務とも無縁で、自分の時間を悠々確保できるのだという。

「ほんま工場、楽だったわー。天国やったわー」

と採用面接の場に登場する若手社員が口々に語るのを聞き、これはかなりオーダーに合った業種なのではないかと感じ始めた。

「あまり働かない」を目標に掲げ、就職活動に身を投じたが、当然、そんなことを許してくれる会社は世の中に存在しない。そもそも選べる立場でもない。ならば少しでも近似値を求めるべきだろう。

工場勤務。

就職活動を始める前は、想像だにしなかった働き方だが、勤務外の時間に小説を書くには最適な環境ではないか。もちろん、就職したからには仕事にも打ちこみたい。想像力の羽を伸ばし、充実した会社員生活を送りたい。うむ、ここを攻めてみよう――、と考えがかなり整理された頃、こちらの熱意も伝わったのか、ついに化学繊維会社の内定を貰うことができた。

もっとも入社後、満を持して配属されたのは、想像力がいっさい求められぬ職場の代表格、経理だったわけだけれども。

さよなら京都

晴れて就職活動が終わった。

ひさかたぶりに、のんべんだらりとした生活が戻ってきた。

そもそも休学中の身なのに京都で下宿を続ける理由があるのか、バイトもしておらず、資格等の勉強をしているわけでもなく、ただ部屋でひとり、ひぐらしぽけっとして過ごすだけならば、さっさと実家に戻ればいいのではないか、という正論をぶつけられたならばぐうの音も出ないわけだが、そのまま京都に居座った。

これといって、しなくてはいけないことなど何もなかった。それなりの虚無感と閉塞感、将来へのぼんやりとした不安、無為がさらなる無為を生む心のトワイライトゾーンにのたりのたりと浸りながら、卒業までの十カ月を淡々と過ごした。今となって振り返るに、会社を辞め、その後長らく続いた無職の期間を「本番」とするならば、この五回生の無音の時間はいわば「予行」だった。

誰からも必要とされていない小説をぽつりぽつりと書き進めつつ、これがいったい将来何の役に立つのか？　本当に小説家になんかなれると思っているのか？　単にお前は働きたくないだけ、モラトリアムに浸っていたいだけ、現実から逃避しているだけ、その実態は過剰な自意識に囚われ、切ない気持ちをもてあそぶフリをしているだけではないのか？　要は貴重な時間をどぶに捨てているだけではないのか――？

放っておけば次々と湧き上がる自問に対し、肩を怒らせ空手形を切るのでもなく、どこかでそのとおりなのだろうな、小説家になんぞなれるわけないわな、とうつむき加減に己の非力を認めながら、かといってうまくいかない毎日を必要以上に悲観することもなく、「まあ、こんなもんでしょう」としらふな顔でやり過ごす。適度に面の皮を厚くしつつ、精神を低いテンションのまま一定に保つコツを、期せずしてこの五回生の京都で習得することになった。

そのコツとは、孤独に親しむことである。

答えと結果が出ない時間と孤独が密接にコラボした場合、これがなかなか精神に応える。停滞感もたっぷりに、こんなこといつまで続けるつもりなん？　と心の声のボリュームが大きくなったときには鴨川に足を運んだ。

私のお気に入りの場所は「鴨川デルタ」と呼ばれる賀茂川と高野川が合流して鴨川に一本化される地点から北西へ向かったところ。賀茂川をしばし遡《さかのぼ》り北大路橋の手前あたり、東岸の河原に体育座りして、何を考えるべきなのかを考えるという、スタイルだけは哲学者のそれで、広い空の下を流れる川面をぼんやり眺めた。

鴨川には助けられた。

孤独は面倒で厄介だが、溜め続けると強い力となる。

孤独の総量を削ることなく、少しだけ軽くしてくれる相談相手が間近にいたのは、京都の懐の深さと言うほかない。

もっとも、小説を書くことと将来をどう組み合わせるべきか、どれだけ鴨川べりに一人座って考えこんでも、答えは出なかった。誰かに「君は才能たっぷりだから、心配せずに君の道を進み給え！」と背中を押してもらいたい。でも、そんなことを言ってくれる人はいない。未来なんて誰にもわからないのだ。わかるのは未来の人間だけだが、もしも今の私がタイムリープして、あのときの鴨川べりを歩いたとしても、絶対に声はかけないだろう。

「おうおう、それっぽく悩んどる」

とニヤニヤしながら自分の背後を通り過ぎる。もしも「小説家になれる」なんて下手に教えたら、逆に未来が変わってしまう気がする。小説家としての私が消滅するような危険を冒すのはゴメンなので、今はもう潰れてしまった、お気に入りだったブルース喫茶でコーヒーを飲むだけで帰ろう。

私が京都に滞在していたのは十九歳から二十四歳まで五年間。「たった五年」なのか、それとも、「五年も」なのか。どちらにしろ、京都という街から底知れぬ影響を受けたのは間違いない。

未分化な自意識のかたまりとともにある時期をどこで過ごすべきか？

今でも、若者が大学を受験するならば、地方の大学を選ぶのが断然よいと思っている。そこでとにかく一人暮らしをする。もちろん、その場所が京都ならば最高だ。

何がよいって、地方で一人暮らししつつ、ほどよい案配で友人や、彼氏や、彼女や、孤独と付き合う。すると、放っておいても柱が己のなかに育つ。

これが将来、大きな武器となる。

作家という身分で東京で働くようになって気づいたのは、たとえば東京で思春期の時間を過ごし、東京の価値観に浸されたまま社会に出ることになった人間の不利さである。いやいや、花の大都会で最先端の流行に揉まれ育ったのだから、大人になっても無敵だろう、東京一極集中がいよいよ進む世の中、間違いなくティーン時の経験はアドバンテージとなりまくるだろう、と考える向きもあるやもしれぬ。

しかし、私の考えは逆だ。

確かに東京育ちのメトロポリタンなら、どんなに流れが早く、混雑した往来も人にぶつからずスイスイと歩けるかもしれない。それもひとつの武器だ。だが、同時に弱点でもある。流れの向きやスピードを見極める力が高すぎるがゆえに、流れに入ると自然、歩いてしまう。何年も親しんだ習慣に抗い、そこでしゃがみこんだり、穴を掘ったり、逆行しようとはなかなか思いつかない。

なかには敢えて同質化を嫌い、自らの力で流れそのものを作り変えてしまう傑物もいるかもしれない。白のキャンバスに紛れながら、他者からはっきり認識される新たな質感の白を生み出すような、とびきりの難しさを突破する本物が。それはひとところにいながら二本の柱を築くことに成功したわけで、「すごい」のひと言である。

だが、これが東京以外からやってきたとなると話が異なる。たとえば、私ははじめから混沌とした色合いの「紫」あたりを纏っていた。関西からすでにずいぶん饐《す》えた色に染まった状態で東京にやってきたわけで、歩き方も変だった。すっと流れに入ったつもりでも、紫色だわ、ステップも妙だわで自然浮かび上がる。具体的には、それまで育ったところでは当たり前のことを口にしているつもりでも、

「聞いたことない、何それ、おもしろい」

「よく、そんな変なこと思いつくね」

とか言ってもらえる。

一方で、周囲に溶けこむ素地も持っているわけで、京都で育て上げた柱と合わせて、労せずして二本の柱を所有する人間に化けられるのだ。

その化け方の最たるものが、デビュー作『鴨川ホルモー』だった。「ホルモー」の部分は幼い頃から考えていたような益体《やくたい》もない想像を並べ立て、日常の部分は京都の大学生活をそのまま埋めこむ。すると、思いもよらぬところまで浮かび上がることができた。

東京とはまったく別の時間が流れる地方で青春の時間を過ごす。社会と薄くつながりつつ、わがままな価値観をせっせと積み上げる。ときにあまりにマイペースで日々を送った結果、後戻りできぬほどの、なまくら刀の昼行灯《ひるあんどん》になり果てることもあるやもしれぬ。だが、もしもこの文章を読む未来の受験生諸君がいたなら、就職に有利といった近

視眼的視点からいったん離れ、いつか二本の柱を築くべく、地方の大学&一人暮らしを選択肢に入れてみるのも一興では？　などとけしかけている私は、ひょっとしたら、あの予備校時代に『深夜特急』にやられたことを、そのまま相手を若者に替えて、やり返しているのかもしれない。

入社式に合わせ会社の研修施設に集合する前日、鴨川べりをひとりで歩いた。好きだった川沿いの散歩コースを越え、いつもより遠くまで歩いていたら、大学院に進学する友人が、のどかに河原沿いのスペースでインラインホッケーの練習をしていた。

「おー」

と声をかけたら、

と向こうもスティックを掲げてくれた。

「おー」

「明日から社会人」

と教えたら、

「お、おー」

と何とも言えぬ笑みを唇の端に乗せ、友人はインラインスケートで弧を描き、颯爽と球を追っていった。

近ごろサイン会を行うと、『鴨川ホルモー』が世に出て十年以上経ったこともあり、「ホルモーを読んで、京都での学生生活がとても楽しそうだから、京都の大学を目指すことにしました」

という、おそるべき内容を打ち明けてくれるファンの方がちらほら現れるようになった。

彼ら、彼女らは、小学校高学年あたりで『鴨川ホルモー』を読み、「京都と大学生」という組み合わせに何やら楽しげなイメージを抱き、それが高じて、本当に京都の大学を受験してしまったのだという。

ほんまかいな、とおののく私。

「それで、受かったのですか」

「受かりました」

「楽しいですか、京都」

「楽しいです」

彼ら、彼女らは、実に屈託のない笑顔を返してくる。

何だか、腑に落ちない。

そんなに楽しい京都というものを、私は知らない。どんな大学生でしたか、と訊ねられたら、まず最初に思い浮かぶのが鴨川べりで蒼い顔でうつむき座っている、憂鬱そうな猫背野郎である。

そもそも受験生時代、「京都と大学生」と聞いても、学生が多いという量のイメージはあっても、そこでどんな生活を送っているかという質のイメージなんて何ら持ち合わせなかった。それが入学する前からワクワク、入学してからも期待を裏切らぬドキドキだなんて、やはり腑に落ちない。

明るい色合いの絵の具を携え、京都にやってきた新参者たち。いったいどんな絵を仕上げ、やがて京都から旅立つのか。眉間にしわを寄せ、そっとのぞいてみたい。

二〇〇〇年三月、私は京都を去り、東へと向かった。

第三章　べらぼうくん、就職する

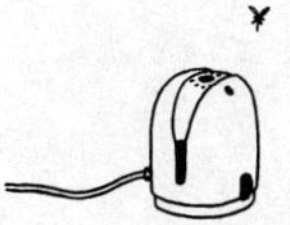

工場ぐらし

生まれ育った関西の地を離れ、やってきたのは静岡だった。

最寄り駅に降り立ち、研修センターまでの道を、着替えを詰めたバッグを抱え歩いた。道路を隔てた向こう側に、就職した化学繊維メーカーの工場の塀が長々と連なっている。視線を持ち上げると煙突から白い煙がゆったりとたゆたい、何とも言えぬ臭気がときどき鼻をくすぐり、建物からの重い振動音が鼓膜を震わせ、自分が化学系企業に就職したことを五感を通じて教えてくれた。

研修センターの敷地に植えられた桜が、ちょうど咲き始めようとしていた。

静岡は一年中、蚊が生息する不思議な土地である。研修センター内であてがわれた部屋に荷物を置き、窓を開けた。目の前に桜がせり出し、こりゃ眼福とよろこんでいたら、いきなり蚊に刺された。ほんの少し窓を開けただけで、部屋のそこらじゅうに蚊が乱入してきた。

それから二年と三カ月。会社を辞めるまでの間、季節を問わず、ひたすら蚊に刺され続けた。クリスマス・イヴのコンビニ、山下達郎が流れ、店員がサンタのコスチュームでレジに立っているその横で、平然とベープリキッドが売られていた。「蚊」を季語として使えない土地だった。

センターに到着した翌日、総合職採用百五十人が参加して入社式が執り行われた。式ののち、会長、社長、役員たちとの会食の場が設けられた。

そこで、妙なことが起きた。

ホールに円卓が並べられ、幹部一人を新入社員八人が囲む席配置が告げられた。その際、幹部の両側には必ず女性が座るよう先輩社員が指示を出した。新入社員における女性の割合は四人に一人ほどだったので、ちょうど幹部の左右に女性が座り、残りは男が座る構成になる。

会長はじめ幹部は全員男性である。若い、女性、という理由だけで、その隣に座るべき人間が選ばれる。

気色わる、と思った。

これを役職が高い人間への配慮として正解だと考えている先輩社員（といっても全員二十

代、女性もいる）にもがっかりしたし、何より、新入社員の女性を左右にはべらせながら、その他メンズに今後の社会人としての生き方アドバイスを垂れるという、滑稽極まりない構図に晒されることを嫌がらないお偉方たちに「駄目だこりゃ」と思った。

これは作家になってから、私も何度か引き受けた構図である。会食の場で、やたらと若い女性を隣に座らせたがる空気が発生することがある。「よかれと思い」そういう配慮を見せるのは、ほぼ年配の男性である。駒のように扱われ、私の隣に座らされる女性が不憫であるが、何も言わずに受け入れる。そこには世代間の慣習の違いがある。意識の断絶がある。真面目に「嫌です、おっさんのあなたがいいです」と言うと、それはそれでコントになってしまう。私は早くごはんが食べたい。

あの入社式後の会食には、のちの経団連会長になる人物も役員の一人として座っていた。財務省の事務次官によるセクハラ問題が大きく報道された際、彼が経団連会長として定例会見の場で意見を述べていたが、ひとこと「鈍い」と感じた。同時に仕方ないとも思った。あの入社式をおそらく十年以上重ね、その間、何も変だと思わなかったのだろうから。

依然古い体質も残っているが、一方で最先端の技術も持っている。そんな典型的な日本の大企業に入社した私の社会人生活は、三週間の研修期間から始まった。

創業は大正時代ゆえに、やたらぶ厚い社史を読んで感想文を書き、電話応対、名刺交換といった社会人マナーを学び、ゲームもどきをやってチームワークもどきを体得し、英会話の授業を受けながら、同期の一人と相部屋生活を送った。あえて文系採用組と理系採用組を同室にして、異なった価値観に触れ合わせようという会社側の意図があったようで、同室の彼は東大理系の院卒だった。

初日に何気なく、どこの大学？　と訊いたら、

「あ、いちおう東大」

と言われた。

いちおう？

私の内なる自意識チェックメーターが一気に跳ねた。「いちおう」って何だ。「いちおう東大」という状態があるのなら、逆に「いちおうじゃない東大」もときにあり得るのか。どうして、「東大って言っちゃうといろいろ過剰反応が返ってくるから、言い方難しいよね」というニュアンスをわざわざ言外にあふれさせているのか。こちらは、ただ大学名を訊いただけで、話の自然な流れとして、なぜ「そっちは？」と訊ね返してこない。え？　まさか、質問自体が侮辱になる可能性について先回りしてる？　東大と聞いてしまったら、自分の大学を名乗りづらくなっているかも、なんて超絶・上から目線配

慮で先回りしてる？　などとたったひと言に対し、完全なる過剰反応を示しながら、

「へえ、すごいやん」

と試しに言ってみたら、

「いや、気にしないで、普通に話してくれたらいいから」

と真顔で諭《さと》された。

「お前、馬鹿にしてるだろ」

とここで切り返してくれたら楽しいのだが、相手はどこまでも裏切ることのない東大だった。

このあたりが建前と本音が共存する文化で育ってきたかどうかの違いなのだろう。これに関しては、明らかに西から来た人間のほうが性根が邪悪なわけで、異なった価値観と触れ合わせようとする会社側の目論見《もくろみ》は見事、成功しているわけだが、果たしてそれがよい結果を生んでいたかどうかはわからない。

とにもかくにも同期同士、気の合う相手にも恵まれ、新生活が始まった。関西採用組よりも圧倒的に数が多い関東採用組はコンスタントに陽気、かつ無防備で、

「その訛《なま》りすごいね。テレビの中だけだと思ったら、本当に使うんだね。それって大阪弁て言うの？　関西弁って言うの？　なんでヤねん！（ヤの部分にアクセントが来る）」

などと、もしも大阪でぶっ放したら、即座に周囲の全員を敵に回すであろう内容を笑顔で伝えてくる。なるほど、異なった価値観と触れ合う毎日だったが、よい結果を生んだかどうかはわからない。

休日は西も東も関係なく、誰もが近場の伊豆や修善寺に遊びに出かけた。私は部屋に籠もり、カバンから原稿を取り出した。同居人がいない部屋で、ようやく静かな時間が訪れた、とばかりに二作目の小説の続きに取りかかった。

三週間の研修を終えた最終日、辞令が出た。

号令一下、新入社員たちは各地の工場へと散っていった。これもまた、工場研修という広義の新人教育プログラムの一環であり、メーカーで働く以上は生産現場の実際を見聞し、そこで働く人々の生の息づかいを知るべし――、すなわち総合職としての心得を学ぶ機会を新たに与えられたわけである。

会社は全国に十ほどの工場を持っていたので、ここは遠く北陸や四国など、滅多に行くことのない土地で期間限定の工場ライフを送ってみたいものだなあ、などと自分の名前が呼ばれるのをドキドキしながら待っていたら、辞令に記されていたのは静岡工場だった。

新しい職場へと転地すべく、上気した表情で荷物を抱え、同期たちが新幹線の駅へとぞろぞろ出発するのを見送ったのち、バッグを手に研修センターを出た。

そのまま、道路一本隔てた通用門を潜り、工場の敷地に足を踏み入れた。そこが私の新たな勤務地だった。テンションが低かったのもやむを得ない。毎日、研修センターの正面に眺めていた、年季の入ったボロボロの建物が今後の工場ライフの拠点となる男子独身寮だったからだ。

新生活への期待を膨らませたいが、どうにも空気を詰めこめないまま、同じく静岡工場勤務となった同期と連れ立ち、古い校舎のような静まりかえった独身寮の廊下を進んだ。

割り当てられた部屋は、私が一号室、彼は隣の二号室だった。

それぞれの部屋番号の前で足を止め、

「じゃ、また」

といったんあいさつを交わしてから、ドアを開けた。

一歩、前に出たとき、何かが変だと感じた。

「あん？」

と横を向いたら、今、別れたばかりの同期が同じく「あん？」という顔をこちらに向けていた。

「相部屋?」

二人の口から同時に声が漏れた。

そうだったのである。

かつての高度成長期、集団就職でやってきた大勢の働き手がこの建物で寝起きしたそうで、六畳の和室が二つ並び、入口に面した部分が共用スペースとして使われていた。部屋と部屋の境目に小さな洗面台が置かれ、一号室と二号室の人間は、別々の扉から入り、共用スペースを経てから、それぞれの和室のふすまを開けるという、奇天烈《きてれつ》な間取りに出迎えられたのである。

女工が四人も詰めこまれていた時代もあったという六畳一間の和室が、新しい我が城となった。

まず、やったことは蚊の退治だった。

部屋に入って数十秒で蚊に刺された。断っておくが、まだ四月の第三週である。おそらく前日あたりに窓を開けて、換気十分の態勢で迎え入れてくれたのだろう。おかげで部屋は蚊の巣窟と化していた。静岡の蚊は大きい。動きはのろい。その代わり、刺されると赤く腫れて、痒《かゆ》いよりも、痛みが勝るアレルギー反応を引き起こす。

ブーンと鋭いうなりが聞こえるので顔を向けると、ラバウル航空隊かと見まがうが如く編隊を組み、三匹が並んでこちらに突撃してくる。

空襲警報が発令された。

わずか一日で、十九匹始末した。

殺《や》っても、殺っても、蚊は湧いてきた。どこから入ってくるのか、仕事を終えて帰寮し、部屋のふすまを開けると、照明のまわりを我がもの顔で複数漂っている。

早速、アースノーマットを購入した。

アースノーマットとは、つまりは電気蚊取り線香。薬剤の入ったボトルから、電気と熱の力でもって毒成分を空気中に揮発させる防蚊グッズである。

部屋が静寂に包まれると、どこかを移動中の蚊の飛翔音をはっきりと聞き分けることができた。おもむろにアースノーマットのスイッチを入れる。

わずか十分でその効果は現れる。

「ぽと」

畳の上に一匹が落ちる。

そのかそけき音は六畳の空間にはっきりと響く。小林一茶なら一句詠みそうな気配に包まれながら、私は立ち上がる。神経毒にやられ、畳の目の上で長い足をばたつかせている蚊の羽を親指と人差し指でそっとつまむ。それをアースノーマットの上に持っていく。薬剤が気体となって放出される排気口に近づけると、目に見えぬ毒に冒され、蚊は大きく震えたのち、萎《しぼ》むようにして動かなくなる。たとえ地獄に落ちたとしても、きっと私に蜘蛛の糸は降りてこない。

工場に配属されてから最初の三週間、三交代のシフトに入った。製品がいかなる現場で作られているかを身をもって体験する、という名目のもと、作業着、ヘルメット、安全靴を装備して肉体労働に勤しんだ。

というのは大嘘で、熟練の技術が必要な業務に、頭でっかちな大卒新人が携われるはずもなく、余計なことはするなよ、という現場の先輩からの無言の眼差しを浴びながら、制御ルームで何をするでもなく座り、同期の中国人ルゥさんに中国の歴史を夏《か》の時代から教えるなどして時間をつぶした。

工場はひたすら巨大だ。

工場のあるじは人間ではない。マシーンだ。

原料のプラスチックチップを溶かし、下方へ垂らすことで、幅一ミリよりもさらに細い糸を成形し、それを乾燥させたのち、ロットに巻きつける。建物全体がひとつのマシーンとなって、ときに甘ったるい化学薬品臭を漂わせ、ときにフロア全体を真夏の温度に上昇させ、ときにトラブルを知らせるアラームをけたたましく鳴り響かせながら、二十四時間一秒も休まず、マシーンは稼働し続けていた。

工場の雰囲気は昼間でも暗かった。

実際に照明が暗いうえに、広大なフロアをたった一人で任されるという無人感がそれを助長していた。さらには、現場には背中にどこか影が差したような空気を纏っている人が多い。僭上な物言いであるとは重々承知しているが、京都にいるとき、どんなに晴天の日も光が届かない、蒸し暑い薄暗いフロアをひとりで管理する仕事があるなんて、それを何十年も続けている人々がいるなんて、一秒だって想像したことがなかった。鴨川で体育座りしてたそがれるフリをしているときも、作家気取りで「あー、今日何も書けなかった」と下宿でうそぶいているときも、誰もが工場で黙々と働いていた。

「ウーン」

夜更け、建物内側をみっしりと埋めるマシーンは低く唸《うな》り続ける。神経質な振動を肌の表面に感じながら、午後十時、長い夜勤の時間が始まる。

前職は経理マン

三週間にわたる現場での三交代シフト勤務を終え、ようやく正式な配属先である工場の総務課にたどり着いたとき、すでに五月も半ばを過ぎていた。

私の職場は経理係だった。

これが総合職採用の摩訶不思議なところで、就職活動中、「経理で働きたい」などとひと言も発したことがなかった。会社側もひと言も「経理で働きたいか」と具体的に訊ねたことはなかった。総合職の配属先に、経理を含む、労務や人事などスタッフ部門が含まれていることは承知していたが、あくまで営業として、地味な原材料をいかに想像力を駆使して、市場で引っ張りだこの売れっ子に変身させるか、そこんところに働き甲斐を見つけたい——、暗くてしんどいだけの就職活動のなかで、やっとこさ志望動機を築き上げ、それを受け入れられて入社したと思いきや、あの悩みの時間はすべてなかったが如く&降って湧いたが如く、経理の仕事をあてがわれた。

あとで聞いた話によると、内定後に受けた適性検査の結果がかなり影響したそうだが、それはそれで、なぜはじめから経理志望の人間を募集しないのか、とは今でも総合職採用にまつわる根本的疑問としてときどき考えてしまうことで、何の事前のすり合わせもなく、その後の会社でのキャリアを一方的に決めつける制度が最良だとは到底思えない。

そもそも、そのすり合わせこそが就職活動の意義であるはずだ。

特に経理畑は一度足を踏み入れると、会社によっては予算や決算、原価計算など専門性の高い分野を扱うスタッフ部門の一員として退職までキャリアが固定される。いわば人生を左右する大きな事案にもかかわらず、生まれてこのかた一秒も興味を抱いたことがない部署にいきなり配属されたら、そりゃミスマッチも生じるというものだ。結局、私に関しては、このミスマッチが辞める際の口実の一つになってしまった。

などと、ごたくをつらつらと並べてみるが、実際のところ、ことのほか経理の仕事は肌に合った。

おそるべし適性検査というやつで、自分の認識よりも、正確に正体を測っている部分があると認めざるを得なかった。入社式後、経理係という辞令を聞いたとき、

「そりゃ、無理だ」

と真っ先に思った。なぜなら、算数のテストではしょっちゅうケアレスミスをしていたし、大学入試の数学ではアルファベットの「b」を途中で「6」に読み間違え、そのせいで浪人することになったたし(合格最低点まであと4点だった。読み違えなければ受かっていた)、いつもここぞというところでとんでもないポカをしでかす人生だった。それゆえに、緻密さと正確さを求められる経理の仕事なぞ向いてるわけがない、と自己分析したわけだが、ところがどっこい、意外とフィットした。

ケアレスミスを繰り返した小学生の頃から十年以上が経ち、私は不思議とミスをしない男に変わっていた。自分の傾向が知らぬうちに変化していた、というのは小さな発見だったが、経理係に配属されたての頃はよく夢でうなされた。

夢のなかで私は帳票をチェックしている。

帳票内から数字を拾い、次のページに向かわねばならないのだが、なぜか手が動かない。まだ何かやり残した作業があるらしい。でも、その何かがわからぬままに「うう う」とうなりつつ帳票とにらめっこし、結局ページをめくれないという、しんどい夢だった。

一日に蓄積した膨大な情報を、睡眠中に脳が取捨選択する。夢とはその際の情報の切れ端をつなぎ合わせた、出鱈目なダイジェストのようなものらしい。

とするならば、このしんどい夢の原因は明白で、経理の仕事に本格的に就くにあたって、これまで一度も経験したことのない頭の使い方を強制され、脳味噌がびっくり仰天しているがゆえの真夜中の大整理作業の余波――、と考えるほかない。

ひょっとしたら、小学生の頃にも、はじめて勉強に躓《つまず》いたときに、この夢を見たのかもしれないが、もちろん記憶にない。

眠っている間も何かを考え詰めているため、目が覚めても疲れが頭に残るわ、一日中眠気が取れないわ、と散々なのだが、実のところ、私はこの「しんどい夢」を見るのが好きだった。

なぜなら、脳が嫌がっていることをダイレクトに教えてくれるサインだからだ。

これは私が勝手に唱える経験則なのだが、脳が嫌がっているとき、その人は成長している。脳の処理能力をオーバーする情報が雪崩《なだ》れこんだ結果、深夜の突貫の拡張工事によって脳の領域が無理矢理ぐわんと広げられる――、そのとき一気の進歩が訪れるのだ。

経理時代を経て、次にこの「自分の能力を超える課題に遭遇し、溺れそうになっている」状態を教えてくれる夢を頻繁に見たのは、小説家デビューを果たしたときだった。

生まれてはじめて編集者に会い、それまで誰とも話したことがなかった小説の書き方、考え方、直し方を教わった。

世間と長らく断絶していた無職男が突然引っ張り出され、とんでもない量の情報を頭に流しこまれる。編集者のものの考え方、言葉の使い方、伝え方、すべてが目新しかった。圧倒された。今なら、編集者とのやり取りから勘どころを抽出し、その場で改稿ポイントを見つけ出すことができても、当時は未体験の仕事の文法含め、相手の発言の意図すら理解できなかった。わけがわからぬまま取りあえず書き直し、出来上がったものを読んではじめて、編集者が何を言っていたのか、何を求めていたのかが理解できた。

その間、「ページを進めたくても何かが足りずに進めない」という恒例の「しんどい夢」を見続けた。しかし、夢を見ている間、私はどんどん成長した。見えなかったものが見え始め、それまでそこになかったはずの部屋がいきなり頭の間取りに加わった。いつの間にか、貧相な平屋建ては多層建築にグレードアップし、あれほど苦労して上った階段を、すいすいと一段飛ばしで上れるようになった。

少しずつ、仕事に慣れながら、私は工場での生活にも慣れていった。

工場の敷地の隅っこに建つ独身寮の食堂では毎日、朝食と夕食が供された。昼食は工場食堂で食べた。おやつは工場売店で買った。携帯電話も工場売店で買った。飲み会は敷地内の社員クラブを使った。身体を動かしたくなったときは、寮の正面の会社のグラウンドで、隣の部屋の同期とサッカーボールを蹴ったり、キャッチボールしたりした。

生活で必要なものすべてが敷地内で完結してしまうので、その気になれば工場の外に出る必要がいっさい生じなかった。さらには経理の仕事は自分の席から動くことさえほとんどなく、

「労働力の囲いこみって、このご時世でも、やろうと思えばできちゃうんだなあ」

と電卓を叩きながら呑気に過ごす毎日だった。

六畳一間の独身寮の家賃は光熱費こみで月一万円。冬は生産現場で発生したボイラー

熱を各部屋を通るダクトに回すという工場ならではの再利用のおかげで、真冬でもTシャツ一枚で過ごせるほど、部屋はぽかぽか陽気だった。ありがたかったが、デメリットもあった。まず、どんなに冬が深まろうと、寮の中を常に蚊が徘徊した。次に若者の向学心を大いに削いだ。

食堂で夕食を終えて部屋に戻る。とてもじゃないが、起きていられなかった。腹一杯になった身体を、ボイラーの暖気がじわじわと包んでくるのだ。

「あれには勝てねえ」

と同期たちも口々にボイラーの脅威を訴えた。工場から二十四時間送られてくるボイラー熱は止めたり、調整したりすることができない。結果、若者たちは食後のまどろみに負け、バタバタと倒れていった。

「小説書かなイカンのに!」

とわかっているのに誘惑に負けてむさぼる惰眠は、今と同じく、たまらなく心地よかった。

給料は寮費に加え、寮食堂と工場食堂での食費が天引きされたのち振りこまれる。手元に残るのは毎月きっちり九万円だった。これを積み立て、ボーナスも含め、会社に在籍した二年と三カ月の間に二百万円を貯めた。工場時代、家賃と食費以外にほとんど出費をしなかった計算になる。これを生活資金とすることで、デビューまで三年間、無職のまま執筆に集中することができた。

決して意図したものではなかったが、作家デビューするまでのプロセスを遡ったとき、この工場時代、徹底的な自主的囲いこみを敢行したおかげで、余計な金も使わず、通勤の苦痛もなく、残業もなく、帰宅後はときに早寝もしたが執筆に夜中の時間をあてることができ、さらには土日もたっぷりと京都の下宿から運んできたワープロと睨めっこすることができた——等々、いいことずくめだった気がしないでもない。

もっとも工場から帰宅後、好き放題に書けたわけではなかった。職場をあとにしてわずか十分後、夕方六時に自室に戻れるよろこびはあれど、すでにみっちり八時間以上働いているわけである。脳の働きのピークは過ぎている。月曜から金曜までに書き溜めたものを、休日にたっぷりと寝てから冴えた頭で読み返すと、まるで駄目だった。九割がボツだった。工場で働いた二年間で書き上げたのは、ボリューム的に中編と言うべき作品たった一本だった。

まったく進まない原稿を前に、もしも大学時代に仕上げた長編を、このペースで書き進めたら、どのくらいで完成するかを計算したら「五年」という数字が出た。これから、あの作品と同量のものを書いたら、下手すれば三十歳になってしまうということだ。

どうしたものか。

ふたたび、悩みの季節が始まった。

ねぎってなんぼはなんぼのものか

生まれ育った関西の地を離れ、はるばる静岡まで来たことにより、小さなことから大きなことまで、さまざまな文化の違いを肌で感じることになったわけだが、なかでもひときわ印象に残っているのが「値切り」についてである。

まず語りたいのは、中学一年生のときの体験だ。

カセットウォークマンが欲しい年頃となった私は、お年玉を握りしめ、ひとり大阪日本橋《にっぽんばし》の電気屋街に赴いた。お目当てはもちろんソニーの「ＷＡＬＫＭＡＮ」。しかし、台にずらりと並べられたウォークマンを見るに（ソニー製だけがウォークマンなので、この表現自体おかしいのだが）、どれもお高く、今では考えられぬことだが、一台四万円前後の値段がした。当時、割引きしないことで有名なソニー製品は一等高かった。

おそらく尻のポケットに突っこんだ、開閉のたびバリバリとマジックテープの音も勇ましい我が財布には、二万五千円ほどしか入っておらず、

「全然、足らんやん」

と途方に暮れた気持ちで売り場に立っていると、店員のおっちゃんが近づいてきて、

「兄ちゃん、ウォークマンか？」

とあれこれ紹介を始めた。しかし、完全なる所持金不足ゆえ、返事することすらできず、ただぼうっと立ち尽くしていると、

「兄ちゃん、どのくらいなら、いけるんや？」

と訊ねてきた。

いけるも何も、所持金とは一万五千円以上の開きがある。商いが成立する余地がないので黙っていると、「なるほどな」とおっちゃんはしきりに相づちを打ち、

「これでどうや」

とポケットから取り出した電卓に「33，000」と打ちこんだ。無理である。さらに黙っていると、「そっか」と頭を掻いたおっちゃんは「29，000」と打ちこんだ。ずいぶん下がるなと驚きつつ、買えないものは買えないので仏頂面のままでいると、

「いくらやったら、買える？」

と急に声を潜《ひそ》めてきた。

「二万五千円」

と正直に答えると、おっちゃんは一瞬、驚いた顔を見せたのち、

「兄ちゃんには負けたわ！」

と目の前に並ぶウォークマンを一台つかみ、レジへと向かった。もちろんそれはソニー製品ではなく、東芝「Ｗａｌｋｙ」なる、その後何年も愛用することになるウォークマンだったわけだが、何より驚いたのは、四万円弱の定価のものが二万五千円で買えてしまった事実である。

家に帰り、黙って立っていたら一万五千円もまけてくれた、という一部始終を報告すると、普段はほとんど人を褒めない父親が、

「よくやった、よくやった」

とやたらとよろこんでくれた。

これが、私の値切り初体験である。

そもそも、父親が電気屋では必ず店員と交渉し、

「なるほど。で、そっからいくら下がります？」

と聞いているこちらがドキリとするほど、ストレートに値切りを敢行するタイプだっ

た。それをいつも横で観察していたので、知らぬうちに値切りの呼吸というものが身についたのかもしれない。

そのおかげか作家になり、家族を持ち、持ち家を購入することになった際も、私は容赦なく値切った。唐突かつストレートに値切りを要求されると、人間は一瞬絶句する。販売会社の担当の方はよく絶句していた。あれやこれやで一千万円ほど値切った。

そんな私が静岡にやってきてはじめてもらったボーナスは、およそ二十万円だった。無駄遣いを極力せず、ひたすら貯蓄に励んだ会社員時代だったが、一度目のボーナスはパーッと使いきった。

大阪の実家の面々にそれぞれ一万円ほどのプレゼントを買い、今も使っているぶ厚い『広辞苑』を自分のために買った。残りはすべて電子ピアノに注ぎこんだ。京都での下宿時代、部屋の隅に安物のキーボードを置いていたが、卒業時に譲ってしまい、ボーナスもいただいたことだし、少しまともなものを手に入れようと思い立ったのである。

問題はこの電子ピアノ購入の際に発生した。

国道沿いの静岡ローカルの家電量販店に乗りこんだ私はさっそく品定めを開始、定価十四万円のローランド製電子ピアノに照準を合わせた。

ここから、値切り交渉のスタートである。

フロアを見回したところ、黒いチョッキタイプの制服を纏った五十代の男性がいちばんの責任者のようである。値切りのときは、そのフロアでもっともクラスが高そうな店員を呼び止めるのが鉄則だ。なぜなら、値下げの権限を持っていない若手と交渉しても、「上に訊いてきますんで」と結局は二度手間になるだけだからだ。ならば、はじめから権限を持っている上司に話をつけたほうが早い。さらにはデキる上司は決断力も高く、交渉次第で期待以上のディスカウントを引き出せる。

私は黒チョッキの真面目そうな男性に声をかけ、電子ピアノ購入の旨を伝えた。

「ありがとうございます」

と笑顔で応えてくれた店員に、おもむろに切り出した。値札に十四万円と記されているならば、ここは十二万円台を成功ラインに設定したい。そう算段をつけて、いかほどの値引きが可能でしょう、と訊ねた。

しばらく待った。返事がない。

関西弁のイントネーションが混じって聞き取りづらかったのかも、ともう一度、フラットな発音で同じ内容を伝えたが、やはり返事がない。何だろう、この変な間は？　と相手の顔を確かめたら、完全に困惑していた。

「俺は今、何を言われたのだろう」

とどこか苦しげな表情すら浮かべ、こちらを眺めている。

それからは何を投げかけても、なしのつぶて。彼の接客マニュアルに「値切る相手との交渉」という項目が存在しないかの如く、反応がない。

「十四万円はなかなか高いですし、少しくらい値引きしてください」

「こちらのボードに書いているのですが、一万円ぶんの備品をプレゼントしますので、それでピアノ椅子か楽譜を選んでいただけたらと……」

「別に椅子はほしくないので、特典分の一万円を引いてほしいです」

「そういう対応は当店では……」

「じゃ、消費税分の七千円だけでも」

「申し訳ございません……」

完敗だった。

相手が交渉に乗ってくれないことには、故郷で磨かれた知恵と経験も発揮のしようがなく、どこまでも文化はすれ違い続けるしかなかった。

翌日、工場の職場で、結局一円もまけてくれませんでした、電気屋商いであれはないでしょー、と経理係のみなさん相手に愚痴ると、

「そんなこと、生まれて一度もやったことないよ。恐いね、大阪って」

と隣に座る静岡生まれ静岡育ちの先輩に、深刻なくらい眉をひそめられた。

以後、二度と静岡で値切りマインドを発動することはなかった。

このとき買った電子ピアノはその後十八年間も使い続けた。すばらしくいい買い物だった。それだけに、値切れなかったくやしさが十六分音符ぶんくらい、今も心に残っている。

人生がときめく片づけという名のバクチ

先日、デビューの頃から長年お世話になっている編集者に、

「万城目さんの性格は結構、把握していると思うのですが、会社を辞めてしまったところだけは今もわからない。何もかも捨てて、イチかバチかの勝負に出るような人間に見えないから」

と言われ、なるほど「次のあてがないのに、なぜ組織を辞めたのか？」という疑問は、その実体以上に他人に不可思議な感触を与えるのだな、と改めて実感した。

たとえば私が大好きな『プリズナーNo.6』というイギリスの往年のテレビドラマなど

は、

「なぜ主人公は情報機関を辞めたのか?」

という一点のみで全編を引っ張り続けるわけで、「辞めた動機」は最後まで明かされぬ物語最大の謎であり、推進力として作用する。

翻って自分であるが、これが「つるん」としている。そこに謎もなければ、イチかバチかの勝負に出たという自覚もない。競馬にパチンコに、しこたま散財している友人を見て、

「よくそんないつもバクチばっかり打つな。こわくてようせんわい」

と皮肉たっぷりに告げたら、

「お前に言われたくない」

と真顔で返され、「あ、そうか」と気づかされる。テレビ番組で極貧生活を続けながら夢を追っている劇団員の若者のルポを見て、

「いつか子どもが大きくなって、こういうお兄ちゃんを結婚したいと連れてきたら、困っちゃうなー」

とぼやいたら、

「私はたぶん何も言えない」

と隣に座る、無職時代も付き合ってくれていた妻にぼそりと言われ、「ひえっ」となる。

我が身が通った道を忘れたわけではない。

おそらく、決断に対する認識が違うのだ。

確かに、会社を辞める寸前はナーバスな時間を過ごした。辞めて無職になる。素直に怖い。小説家へのチャレンジが失敗し、再就職した場合、今よりも収入は二割、三割減になるだろう。何かしら人生損なっちゃったという敗北感をずっと引きずることにもなるだろう。自然、胃も痛んだ。毎日、胃薬を飲んでも痛い。会社の手帳に、「頭痛は無視できても、胃痛は無視できない」と意味もなく格言を記すほど、会社を辞めるまで、半年ほど胃痛に悩まされた。

しかし、結果的にすべての不安を押し切り、退職を決断したその根っこに、小説家になりたいという執念や、イチかバチか上等という博徒のDNAが燃えさかっていたかというと、これもまた違うのである。

私は単にひとつのことしかできない人間なのだ。

最近、単行本を文庫化するにあたり、大幅に改稿の必要が生じ、新作の小説連載をストップした。普通、こんなことをする作家はいない。何とか並行作業しながら、連載を続けるはずだ。しかし、私はできない。別々の内容を考えながら、それらを同時進行させることができないのだ。同様に、会社の経理業務と小説の執筆は、結構内容が離れている。どちらかに集中する必要が生じた。だから、会社を辞めた。辞めるのはもちろん怖いし、胃も痛んだが、辞めないことには小説が書けないのだから仕方がない。

夢や情熱の問題ではなく、手順の問題だった。能力的にひとつずつしか処理できないゆえに優先順位をつける。結果、小説を書くほうが勝った。人生レベルの賭けの話などではまったくない。どちらかというと、引き出しの中の整理整頓の話に近い。

ただし、優先順位をつけたとして、行動に移すにはそれ相応のきっかけがいる。

通常、新入社員に与えられる工場研修期間は一年間だったが、決算の仕組みを理解するには二サイクルが必要ということで、経理係に配属された人間には二年間の研修が課された。三年目の静岡での春を迎え、いよよ旅立ちの季節が近づきつつあった。これから本社勤務になることは、入社時からの決定済みスケジュールゆえに、工場服からスーツへ、安全靴から革靴へ、徒歩通勤から電車通勤へと生活スタイルを変え、経理畑を今後三十年、四十年ほど歩むことを想像してみた。当然、テンションは上がらなかった。親切にも本社の様子を体感し、予行演習だとばかりに、東京本社の経理部にて三日間、働く機会を与えられた。さらには上長と直接対話をすることで、希望に添った異動を叶えてやろうという計らいだった。

　入社式以来ひさしぶりにスーツを着て、大手町にある本社へ出張というかたちで通ったが、私はうまく立ち回れなかった。お邪魔した部署の課長には、異動を前に何の準備もしていないことを容易に見破られ、

「工場で何を勉強してたんだ！」

　と課の全員の前で叱責を食らった。

　部長はわざわざ会食の場を設け、

「君はどんな仕事をやりたいの？」

　と希望を訊いてくれたが、私は何も具体的な回答ができなかった。

「じゃ、君は何に興味があるんだ？」

　まだ仕事に対して視界不良の状態なのだろうと判断し、あれこれ手を差し伸べてくれる部長の厚意がひたすら心苦しかった。会食に同席した、ときどき工場でも顔を合わせる機会があったベテラン社員は、煮え切らぬ私の態度に痺れを切らし、

「僕が若い頃、こんなふうに希望を訊いてくれることはなかった。君はとても恵まれている。なのに、どうして、その機会を活かそうとしないのか」

　と苦虫を嚙みつぶしたような表情で詰《なじ》った。普段は温厚な彼が静かに怒っているのを

感じた。

　答えを出すときがきていた。

　この三日間の東京本社行きでわかったことは、自分の心がすでに会社にないという現実だった。私はまったく別の方向を見ていた。

　静岡に戻り、職場で係長と顔を合わせるなり、

「向こうで何かあったのか?」

　と訊ねられた。私の不可解な態度が、「問題アリ」として東京から報告されたことは明白だった。

　まだ「そろそろ」と思っていた決断のタイミングが、いきなり目の前に現れたことに戸惑いつつ、

「あの、ちょっとお話ししたいことがあります」

　と係長に告げた。

　そのまま向かった応接室にて、係長に辞職の意思を伝えた。

「次の会社が決まっているのか」

　と真っ先に訊ねられ、「いえ」と首を横に振った。

「じゃ、辞めて何をするんだ」

「小説家を目指そうかなと思っています」

はじめて、「小説家になる」という意志を言葉にした瞬間だった。

係長は額のあたりに手を置き、ゆっくりとのけぞりながら、「あー」と言った。「なれるわけないだろ、バカかお前は」くらい返されると覚悟していたが、もう一度「あー」と言ったきり、論評はナシのまま、

「取りあえず、課長に上げとくわ」

とだけ伝えられ、対談は終了した。

私がいなくなることは工場としての決定事項だったため、希望は迅速に処理された。私と同じように、総合職としてまずは静岡に配属された新入社員に、業務の引き継ぎを終えたのち退職した。

今でも、ときどき考える「もしも」がある。

「もしも、あのまま静岡で働く日々が続いていたなら、自分は会社を辞めただろうか？」

私は静岡での生活が好きだった。

鰻がうまかった。気候が穏やかだった。晴れた日には、くっきりと富士山が見えた。地元のテレビなのに、関西の吉本芸人をＭＣに据えるプライドのなさと、年中出くわす

蚊の活発さだけはいただけなかったが、特に好きだったのは、それまで知ることのなかった価値観がゆったりと流れていたことだ。

それはひと言で表現すると、

「むやみにがんばらなくてよい」

このあたりになる。

決して怠けているという意味ではない。もちろん、仕事は真面目にやる。向上心がないという意味でもない。ただ、そこに過剰な競争がなかった。地元で家族を持ち、東京よりも三千万近く安い新築一戸建てを買い、穏やかに日々の生活を送る。「きっとこの土地で生活を続けることは、しあわせだろうな」と確信できる、豊かな何かがあった。

それに対し、東京は「永遠にがんばり続けなければいけない」場所だ。常に競争に晒され、他人との比較に焦らされ、今いる場所より高いところへ上るために急かされ、追い立てられる。しかも、その過酷なレースに参加したところで、しあわせになれる人間の割合は、静岡で暮らすよりもずっと低い。根拠はないが、この直感は間違っていまい。

現地採用され、地元から離れることなく工場でのんびりと働く。通勤や残業の苦労もない。給料は東京より低いかもしれないが、物価・地価が安いぶん、生活レベルは東京に住むよりも確実に高い。その様子を見ていると、わざわざ東京に出てしんどい目に遭うのは何のためなのだろう、という率直な疑問が湧いてくる。

もしも、あのまま静岡で働くことができたら？

きっと、私は会社を辞めなかった。その結果、小説家にはなれなかったかもしれない。そのくらい、別の人生を送っていたように思う。

もっとも、採用時点で将来の本社勤務が義務づけられた職種ゆえ、すべては絵に描いた餅であるわけだが、いかにも矛盾しているのは、これだけ静岡よりも生きにくい点を挙げられるにもかかわらず、結局は退職後、「しんどい東京」に単身乗りこんだという事実だ。

以来、今も変わらず東京に住んでいる。

東京は好きではない。

小説家としてデビューしたての頃、大阪の実家に戻るたび、身体に絡みついた重い鎖がほどけるような感覚に襲われた。

「そんながんばらなくてええやろ」

という街の空気が心底ありがたかった。

南海電車難波駅の長い下りエスカレーターに乗り、眼下に広がる風景を前に「ああ」と両手を広げたら、東京の重苦しさがばらばらとほどけていった。休暇を終えて東京への新幹線に乗ると、胸が潰れそうな気分になった。また、あのしんどい戦場へと戻るのだ。

　しかし、そんな東京を退職後、私は存分に利用した。自分を追いこむ目的もあった。そもそも、親にはひと言も会社を辞めたことを伝えていなかった。それどころか、

「超エリートばかりが配属される東京本社の経理部に転勤になったから、東京に引っ越すわ」

と嘘八百を並べ、東京行きを決行したのである。

　小説家デビューを果たしたとき、かつて経理係で私が引き継ぎをした、当時新入社員だった後輩からメールが来た。

「『鴨川ホルモー』読みました。文章が万城目さんが残した引き継ぎマニュアルそっくりでおもしろかったです。『ホルモーとは』という説明とか、マニュアルの『検査出庫とは』と同じ語り口で……」

　私と彼にしか通じない、世にも経理的な、うれしい感想である。

第四章　べらぼうくん、無職になる

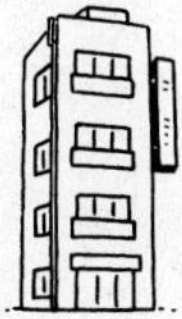

東京

日韓ワールドカップが終了し、ベッカムフィーバーの余韻も醒めやらぬ二〇〇二年七月、私は静岡の独身寮を引き払い、東京へやってきた。

いったい、二〇〇二年とはどのような年だったのか。ひとつルックバックしてみようじゃないかと調べたところ、無職生活を始めたまさに七月、将棋の藤井聡太五冠とフィギュアスケートの紀平梨花選手が世に誕生していたと知り、時の流れの速さがそらおそろしく、一気に調べる気も失せたわけだが、翌八月に多摩川にアゴヒゲアザラシのタマちゃんが現れたことはお伝えしておきたい。総じて日本は平和であった。

無職になった。

それをきっかけに胃痛が消えた。将来への悩みも消えた。もう、やるしかないからである。

悲愴感を胸に部屋に閉じこもり、ひたすら小説を書き続ける。そんなストイックな生活が始まるかと思いきや、実際のところは、まるで正反対の落ち着かぬ門出となった。何しろ、会社を辞めたことを親に教えていなかった。なぜ教えなかったかというと、東京本社に転勤になったという口実を元手に、都内に一人暮らしができる部屋を確保せんと図ったからである。

ここに、とある四階建ての雑居ビルが登場する。かつて駅近の長屋に住んでいた祖父がその土地に雑居ビルを建て、祖父の死後、母親が相続した。母親は大阪に住んでいるため、都内にあるこのビルの実際の管理は、伯母が代わって行っていた。その最上階は居住可能なフロアで、かつては祖父母が住んでいたこともあれば、いとこ夫婦が住んでいたこともあり、二〇〇二年当時は空き部屋だった。

そこに私が目をつけた。

「もしも東京転勤になったら、あそこから通ってもいいかな?」

正月帰省したときに、それとなく大家である母親に転勤の話題を持ち出し、地ならしを始めた。やがてかねてからの話のとおり東京転勤になったと伝え、

「つきましては、あの雑居ビルから通勤したい」

という旨を母親に申請し、四階に転居する許可をゲットした。

もちろん、その裏では着々と退職手続きを進め、無職へと一直線に突き進んでいたわけで、こうして己の所業を書き記し改めて実感するのは、密かにターゲットを定めてから半年以上かけて実行に移すあたり、もはやその中身は完全に詐欺案件であるなということである。

母親と電話する際のマインドは、架空の話をでっち上げ、強引に取り引き成立させせんとする「なりすまし地面師」のそれであり、何日から本社勤務なのか、どういう部署なのか、という質問にはのらりくらりと答えられたのだが、いちばん危なかったのは、

「スーツは何着買ったの？　革靴は何足？　ネクタイは何本揃えた？」

という実務的な問いだった。スーツでの通勤を経験したことがないため、すぐには答えられず、本当に用意しているのか？　そこから通えるのか？　と疑われたときはヒヤリとした。

静岡から引っ越しの荷物が運びこまれ、私は晴れて東京の住人となった。住民票を移し、近所のＴＳＵＴＡＹＡの会員カードを作成し、それまでビルの管理をしてくれていた伯母には、これからは会社が休みのときに管理人業務もやるからとその仕事内容を教えてもらった。

さっそく、地下一階から三階までの雑居ビルのテナント主に、管理人として四階に常駐しますのでどうぞよろしくとあいさつに回り、既成事実を積み上げたのち、満を持して大阪へカミングアウト帰省を果たした。

いったい何月何日だったかは覚えていないのだが、木曜日だったことだけは、妙にはっきりと記憶している。

会社を辞め、その事実を伏したまま一方的に雑居ビルの管理人の座に就いた私は、何があってもここから動かねえ、という強い決意を胸に大阪に帰省した。

天気のよい、のどかな昼どきだった。実家の玄関ドアを開けたら、ちょうど母親が掃除機をかけていた。

「あら」

と母は掃除機の動きを止め、こちらに顔を向けた。

「今日、休みだったたっけ?」

「いや、会社辞めてきましたわ」

ほん、と鼻の奥のほうで、母は声を発した。

その夜、父を交え緊急家族会議と相成ったわけだが、ひと言で表現すると「しゃんしゃん」だった。予想に反し、まったく両親から異論が出なかったのである。

「まあ、やってみろ」

ただ、それだけであった。乗っ取り同然で居座ることになった雑居ビルの管理についても、

「お姉ちゃん（東京にいる伯母）にいつも任せっきりで悪いと思っていたから、あなたが代わりに管理してくれるなら、お母さんはむしろ安心」

と肯定的に受け取られてしまう始末である。

完全に拍子抜けだった。

ああ言われたらこう返すという、言葉の組み手シミュレーションを完全に準備したのち乗りこんだにもかかわらず、一度も刃が交わされることなく、むしろ、その門出を祝われるというまさかの対応に私のほうが狼狽《ろうばい》し、

「いや、待ってくれ。小説家になれる二十代の男なんて、しかも、食っていける男なんて、たぶん日本に二十人、いや、十人いないですよ」

と厳しい現実を啓蒙しようとしたが、

「自分が若い頃は、そんなふうにやりたいことに打ちこむことができなかった。だから、うらやましい」

などと、いよいよ想定しない方向に話が進んでいく。

要は徹底して大人として扱われたのだ。

「夢見てるんじゃない」

と親から反対され、それに反論することで自分の決意をより強固に鍛えたい、と心のどこかで相手の攻勢を利用せんと企んでいたのに、父も母も、どこまでも一個の大人の決断として、私の退職を受け止め、受け入れてくれたのである。

「期限は二年。貯金を取り崩して生活し、無職を貫きつつ、小説を書いては新人賞に投稿する。もしも駄目だった場合は再就職する」

こうもあっさり、自ら期限を決めたことには理由がある。

ここが私のひねくれたところだが、自分が作家になれるとは心の底で思っていないのである。自分の力を信じる信じない以前に、そんな大それたものになれる人間ではない、とどこか冷たく見極めている。じゃ、何で会社を辞めて小説家を目指すんだと問われたならば、「あきらめるため」とこのひねくれ者は答える。いつまでも、夢だ何だと心の隅に中途半端な種火を保ち続けるのはしんどい。たとえば、五十歳にもなって、「俺、むかし小説家を目指していたんだよね」と居酒屋で酔った勢いで、部下に打ち明け話などしていたら最悪である。ならば、この青い種火を、やるだけやって消し去ってしまおうじゃないか——。

もちろん、心の隅には「あわよくば」という野心も燻《くすぶ》っている。でも、「まだまだ、下手くそ」という自覚もある。厄介な感情をあまた積み、カラ汽笛を鳴らし、無職丸は港を出た。

私の才能

無職丸は問う。

自分には、いかなる才能が備わっているのか？

その答えを探し求め、いつの時代も若者はポケットの内側を探っては、なけなしの「珠のかけら」をつまみ上げ、その真贋《しんがん》を見極めんと四苦八苦するものだが、会社を辞めて早々、実にあっさりと私は己の才能の在りかに気がついた。

私には無職の才能があった。

すなわち、仕事がなくなり、底なしの自由な時間を手に入れても、いっさい不安を感じることなく、焦ることなく、日々をのんべんだらりと過ごすことができた。

無職の才能がないと、こうはいかない。その有無を示す簡単な判別手段として、「会社を辞める前に溜まった有給休暇を消化する際、動くか否か」チェック法が挙げられる。

結論から言うと、無職の才能がある人間は動かない。晴れてゲットした大連休にあれこれ予定を入れない。私の場合、寮の部屋でひたすらジグソーパズルに打ちこんだ。背景の空がべらぼうに広い『くまのプーさん』の３０００ピースパズルを購入し、破壊的に難しい空の青を一時間に一ピースのペースではめていたら、有給休暇の一週間が終わった。寮のみんなが働いているのに、自分は何しているんだろうという疑問がふつふつと湧いたが、完成させないことには気が済まなかった。

無職の才能のない人間は、この有休消化期間を忙しくする。何もしないことがもったいない、無益だ、不安だ、という思考に押され、早々に次のステージでの活動準備を始めてしまう。当然、無職の才能がないので、さっさと新しい職に就く。

小説家としてデビューが決まったとき、

「よく、三年半もずっと部屋にひとりで引きこもって、お兄ちゃん、自殺しようと思わんかったなあ」

と妹に真顔で感心されたが、私は完全にへっちゃらだった。会社に行かず、部屋で好きなことができる生活がシンプルにうれしかった。

東京での無職生活が始まってしばらくして、失業保険をゲットすべくハローワークに通い始めた。

初日のレクチャーにて、「こんな人は失業保険を受給できません」というイラストを見せられた。コンビニで買ってきた菓子やジュースに囲まれ、部屋のなかで一人ジャージ姿でゲームに興じる男性、傍らのテレビにはサッカーの試合が流れ、全体のキャプションに「働くつもりのない人」という注釈が添えられていた。驚いた。寸分の狂いなく、昨日の私が活写されていた。

ハローワークの職員は厳しい声色で告げた。

「みなさんご存知のとおり、小泉改革が始まりまして、これまでのように申請したら誰でも受給できるというものではなく、ちゃんと再就職の意思があるかどうか、チェックを強化していこう、という流れになっています」

私はまったく知らなかった。会社を辞めたら誰でももらえると思いこんでいたが、実は失業保険とはあくまで再就職先が見つからない人へのセーフティーネットの機能を果たすべきもので、再就職しないでもへっちゃらな奴には、そもそも受給資格が与えられないのである。

これではあてにしていた金が貰えぬ。

私は焦った。小泉改革を恨んだ。一瞬で抵抗勢力の側に回った。しかし、「再就職の意思を確認する方法」なるものを聞き、脱力する。

「ハローワークのパソコンで二週間に一回、職探しの検索をかけ、来館証明のハンコをもらう」

小泉改革はザルだった。

それからは、うららかな昼下がり、自転車に乗ってハローワークへ向かった。求人用のパソコンを三十分ほど眺め、

「ああ、今日も探したけど全然いいお誘い見つからなかったわー」

という態《てい》で来館証明のハンコをもらうわけだが、実際に検索しても、たった二年の実務経験ではロクな求人情報がない。やっちゃったのかなこれ、と薄ら寒いものを感じつつハローワーク通いを続け、五十万円ほどの失業給付金をいただいた。

一日中、好きに時間を使える。

待ちに待った環境を手に入れ、さあバリバリ書き始めるかと思いきや、これが書かない。

なぜなら、感興が呼び起こされないからだ。

気分だけは完全に芸術家気取りで、日がなテレビゲームに打ちこみ、コントローラーを置いた時間にはイングランド、イタリア、スペインと切れ目なく海外サッカーの試合

を見続けた。お前はサッカージャーナリストにでもなるつもりか、というくらい毎日部屋でテレビ画面を眺めているうちに、あっという間に三カ月が経過した。

さすがにこれはマズい、とようやく重い腰を上げて小説を書き始めた。

これといって作家になるための戦略はなく、どの文学新人賞に出すのかというプランもない。

取りあえず、会社員時代に冒頭部分を書いた戦国時代を舞台にした長編小説を書き上げた。しかし、どこの出版社にも送らなかった。

新人賞は純文学、ミステリー、ホラー、歴史・時代ものなど、おおむねジャンル毎に分かれている。それなりにストーリーに謎が仕込まれてはいるが、私の作品はミステリーではない。戦国時代を舞台にしているが、歴史・時代ものでもない。何しろ、クライマックスに展開される関ヶ原の戦いのシーンで、東軍西軍二十万人ほどがひしめく戦場の上空を、巨大な龍がうねうねと渡っていくのだ。かといってファンタジーとも違う（少なくとも、自分ではファンタジーと思っていない）。さらには枚数が多すぎる。そんなこんなで応募先を見つけられなかった。もっとも、そのあたりはただの言い訳で、本当の理由は出しても受からない、とわかっていたからだ。

私は下手くそだった。どうしようもなく。

しかし、書けば書くほど、自分が上達しているという実感もあった。当時、新宿南口に紀伊國屋書店が大きく構えていて、はじめて訪れたとき、このビルすべてに本が詰まっているのかと圧倒された。同時に、これほどたくさんの本があるのなら、一冊くらい自分の本がまぎれこんでいてもいいじゃないか、とも思った。しかし、そこには見えない壁がそびえていた。かたちも高さも大きさもわからない、強固な壁が。

散歩がてら近所の大きな公園まで足を延ばすと、さまざまな雑貨を売る露天商が並んでいる。なかには、どうしようもなく中途半端な手作りアートを売る店もある。それに対し、以前の私なら平気で、

「よう、こんな独りよがりの紛《まが》いもんを売るわ」

と心でせせら笑ったものだが、もうそんな真似はできなかった。なぜなら、そこにあるのは自分を鏡に映した姿だからだ。半端者のくせして、世の中には一丁前に認められたい。そんな、みっともない自己顕示欲を目の前に突きつけられ、抱くのは同族嫌悪の念である。あれほど京都では鴨川のほとりで時間を潰すのが好きだったのに、いつしか公園にも寄りつかなくなってしまった。

雑居ビルの四階からほとんど動かなくなった。それでも午後八時過ぎに部屋を出る。駅ナカの食品コーナーの弁当が安くなるからだ。

半額になった弁当を買い、部屋に戻る。

それから朝まで執筆した。気づけば無職になってから、一年が経っていた。

管理人日誌

会社を辞めたのち東京へ引っ越し、雑居ビルの管理人を務めた期間は意外と長く、約五年半に及ぶ。作家デビューしてからも変わらず住み続け、「最上階に住んで何もしない、大家のぼんぼん息子」という顔で各テナントに電気・水道代の徴収に向かい、消防点検の際は立ち会いをした。

この管理人時代、いくつものテナントがビルにやってきては、去っていった。

入居するときは、みなさん笑顔である。

それが次第に表情に影が差してくる。小さな雑居ビルゆえ、ほとんどがオーナー兼店長という個人事業だ。先月分の電気代をいただこうと営業時間前にうかがうと、照明を落としたフロアの奥にぽつんと店長が座っている。私の訪問に気づき、「ああ」と気怠《けだる》げに立ち上がる。レジの中の残金では足りず、棚のカードケースから、しわくちゃの封筒から、自分の財布から、あれこれかき集め「じゃ、これで」と不機嫌そうに渡される。「ありがとうございます」と頭を下げ、私はそそくさと店をあとにする。

店主の余裕は顔に出る。店の余裕は看板に出る。

最近のテナントビルは一階入口の壁面に大きなパネルを設置し、ひと目でビルに入居するテナントを確認できる工夫を施しているが、七〇年代に建てられたおんぼろ雑居ビルにそんな配慮もスペースもない。

結果、各テナントは三角に立つボードや電飾看板を用意し、ビルの入口前に置く。しかし、そこは公道なので、本来は置いてはいけない場所だ。なるべく歩行者の邪魔にならぬよう、警察の注意を受けぬよう、ぎりぎりの配慮が求められる。

ここにせせこましいテナント間の諍《いさか》いが生まれる。ワレがワレがと看板を前に出す、雑誌に取り上げられた記事を透明ファイルに封印し、羽のように貼りつける。自然、後ろに控える看板は歩道からの目にさらされにくくなる。あの店の看板、何とかしてよ、という苦情が舞いこみ、私は各テナントを訪問し、お互い仲良くしてください、と頼んで回る羽目になる。

相手がフランチャイズの店の場合、話は万事通りやすい。相手は雇われ店長ゆえ、店の金は所詮、他人の金というわけで、電気代の支払いにしても、「お疲れ様です」と笑顔で、すでに用意していた封筒を渡してくれる。しかし、個人で店をやっている場合はそうはいかない。彼らは生活のすべてを賭けている。電気代は彼らの財布から直接消える身銭だ。看板のポジション取りに関しても、決して自ら譲ることはない。そもそもそこは公道であり、彼らが看板を置ける法的根拠はゼロどころかマイナスなのだが、何せ店の売上がかかっている。売上はそのまま己の、家族の未来へと直結するのだ。

新しく入った若いテナント主に看板のことを予め注意すると、

「あ、うちは出さないんで」

と無邪気におっしゃる。おお、それはありがたい、などと思っていたら、営業が始まって半年後、他テナントから苦情が舞いこんだ。突如、デカい看板が登場し、ビル入口の均衡状態が一気に乱れたのだ。

看板の持ち主は「うちは出さない」はずの新参テナントだった。ため息をついて店長のところに向かう。看板に関する諍いそのものが理解できない――、そんな無垢な顔での応対はとうの昔、疲れが頬のあたり、目の横あたりにくすみのように宿っている。商売が思うようにいかない人からは、顔だけではなく、身体の全体から「張り」が消えていく。張りを失うと、心の余裕が去る。何とかしなくては、という焦りが看板でのアピールへと向かう。小さな目立たぬ看板で、長年営業を続けているテナントは本物である。各テナントを回り、看板問題を何とか収束させ、私はぐったりとした気分で自分の部屋へと戻る。

ある日、その異変は突然、訪れた。

テーブルにワープロ「文豪」を置き、かたかたとキーボードを打ちこみ、執筆に励む最中に何かが痛む。

はて？　と立ち上がった。

痛みを感じるには感じるのだが、およそ馴染みのない場所である。

発信源は左の睾丸あたりだった。

非常にデリケートな部分ゆえに、わけもなく動揺する。息を整え、感覚を研ぎ澄まし、意識を集中すればするほどかえって痛みが掻き消えてしまうような気もするが、翌日になっても、そこはかとない痛みが引かない。立ち上がったときは感じないのだが、座ると股間に嫌な痛みをキャッチしてしまう。

週末、バーベキューの約束があり大学時代の友人の車に乗った。助手席にて気がついた。やはり、左の睾丸付近が痛い。もぞもぞと座るポジションを調整しながら、私は思いきって運転手に質問を投げかけた。

「あのさ、お前の睾丸って右と左、どっちのほうが下がってる？」

ハンドルを握る友人は、「へ」という声を発したのち、しばらく無言を保っていたが、

「そんなの調べたことないから、わからんなあ」

と答えた。そりゃ、そうだろう。男の人生で、ボールの位置関係の把握を求められるシーンなんて存在しない。しかし、この痛みは外傷からくるのかもと心配した私は前日、風呂前に鏡の前に立ったついでに、片方の睾丸の位置がちょい低いことを発見してしまったのである。だが、発見したからどうなのか。生まれたときから、こうだったかもしれぬ。過去のデータがない以上、何も判断できない。

病院行ったほうがいいんじゃない、という友人の勧めに従い、泌尿器科を訪れた。医師に症状を伝えると「検査しましょう」と言われた。

「そこに寝て、パンツも下ろして」

え、と思ったが、怜悧《れいり》な表情で検査の準備を始める医師を前にして、躊躇《ためら》いが許される雰囲気もなく、診察用ベッドに寝て、言うとおりの格好で横たわった。薄手のゴム手袋をパッチン、パッチンと弾きながら装着した医師が、おもむろに横に立つ。

「組織を採取します。ちょっと痛みます」

組織ってどこの、と思ったとき、医師は剝き出し状態の、いわゆるサムシングの棒部

分をつまんだ。先端から何かが差しこまれた。そのまま、深く、深く、つまりは睾丸まで組織採取のための器具が下りていった。

地球の中心で何かがピカッと光ったイメージが脳裏に浮かんだ瞬間、

「いったァ！」

と叫びたくなる激痛が貫いた。昨年、人生三大激痛の一つと言われる尿管結石をおおいに患った私だが（他の二つは心筋梗塞と群発頭痛）、まったく比べものにならぬ痛みだった。三大激痛を右大臣、左大臣、内大臣とするならば、もはや睾丸組織採取の痛みは「みかど」としても過言ではなかった。

「はい、お疲れさまでした」

とどこまでもクールに医師は告げた。一週間後、検査結果が出た。異常はまったくなし、だった。

実はその間に、私はすでに痛みの原因を突き止めていた。イスだった。引っ越す前から雑居ビルに置かれていた革張り木製チェアを執筆時に使用していたが、革クッションがパンと膨らんだところへ尻を落とすため、睾丸周辺がダイレクトに圧迫され、鬱血していたのである。それに気づき、座布団を挟んだところ痛みは翌日から消えた。

わずか、それだけのことだった。泌尿器科での試練は完全に無用だった。座りすぎの作業には注意しなければならない——、その後、執筆用チェアにお金をかけるようになるきっかけを、身体を張って体得したわけであるが、そんなことはお構いなしに、次から次へと雑居ビル内に問題は発生する。

地下一階、地上四階の我が雑居ビルにはエレベーターがなかった。各階テナントへは、らせん状に巻き上がる階段を使うしかなく、この階段こそが、雑居ビルの最暗部と呼べる場所だった。

ある日、狂ったように鳴り続けるインターホンの音に起こされた。明け方まで執筆に励み、やっと布団に入り眠りについたばかりのところへ、容赦のないドアを叩く音が重なる。何事かと、ふらつきながらドアを開けると、一階下のテナントの女主人が青ざめた顔で立っていた。

「触れない。私、無理」

わけのわからぬまま階段を下りた。二階と三階との中間の踊り場に、新聞紙が置いてあった。しかし、ただの新聞紙ではなかった。尻尾らしきものが、長々とはみ出している。

完全に鑑識のおやっさんの動作でしゃがみこみ、新聞紙をめくり上げた。

ネズミだった。

尻尾以外の体長はゆうに三十センチを超えるだろう。見たこともないくらい巨大な身体が横たわっていた。驚いたのは、頭蓋骨に傘の先で突いたような穴が空いていたことだ。そこから粘度の高そうな血が漏れ出していた。どう見ても、人間の仕業だった。しかし、このサイズのネズミと踊り場で遭遇し、咄嗟《とっさ》に眉間を一撃で仕留められる人間など存在するのだろうか——、と一瞬考えたが、眠すぎてどうでもよかった。手のひらをいっぱいに広げて、新聞紙ごと身体をつかんだ。紙の下に、がっしりとした骨格を感じながら、ゴミ袋に捨てた。

「よく、平気で持てますね」

と感心されてから部屋に戻り、手を洗って寝た。

ある日、部屋のドアを開けるなり、強烈に嫌な予感に襲われた。くさい。すでに臭《にお》いの正体を見極めているが、間違いであってくれと祈りながら階段を下りる。やんぬるかな、踊り場に人糞が落ちていた。汚い話で恐縮だが、信じられないくらい太かった。さらにデカかった。人間の肛門がこんなに開くのか、これは熊の仕業ではないかと本気で疑う大きさだった。これを掃除するのが自分だというのが納得できなかった。すべてが気のせいであってほしかった。かつてない信仰心とともに目をつぶって真言を唱えてみたが、目を開いても、臭いも人糞も消えてくれなかった。

「オエッ（エッ）、オエッ（エッ）」

階段に己の嘔吐《えず》く声を盛大に反響させながら、涙を流して始末した。

ある日、深夜に執筆していると、「うおおおおおぇ」という声が階下から聞こえてきた。絶望感に満たされながらドアを開けると、真下の踊り場でサラリーマンが壁に手をつき、盛大におろろろしていた。

「クウォラアァッ、誰がそれを掃除すると思うとるんじゃい！」

と怒りに任せ叫ぶと、ゾンビのように嘔吐物を口の端から垂らし、「すんません」と軽く会釈したのち、男はよたよたと階段を下りていった。もちろん男は二度と現れず、後始末は私の役目である。

駅近のテナントゆえ、どうしても飲食店が多くなる。飲食店が多くなると酔っ払いも増え、ネズミも増え、ゴキブリも増える。一時期、異様にゴキブリが部屋に現れるので、一階下のテナントの女主人に、店に被害がないのかそれとなく訊ねたら、

「これを使ってから、全然出ないですよ。ほら、ゴキブリが嫌いな電波を出す装置」

と満面の笑みでレジ横の機械を見せてくれた。それを使うから、私の部屋に総員退避してくるのだ、とは言えなかった。

テナントとの契約更新時のたび、書類のやり取りでお世話になっている不動産屋で、

あるとき所長さんに言われた。

「私ね、マンションで管理人の仕事していた経験あるけど、この世でいちばん嫌な仕事は管理人ですよ。汚いのを全部掃除してね」

わかる気がします、とうなずき、書類を手にビルに戻った。

無職になって、早くも二年が経とうとしていた。

新人賞を明確に意識して、短編数本と長編一本を書き上げ、出版社に送った。しかし、どの作品も一次選考すら突破できなかった。

それでも、管理人業務を続けながら、毎日原稿を書いた。

状況は、つまりはどん底だった。

芽生え待ち

芽が出ない。

その時間のつらさは、果たして土の下で発芽に向けて、細胞が活性化しているのか、それとももぐらあたりに食われて、とうに種子の実体は消失しているのか、地表で蒼白い顔で待つ当人には、手応えも徴候もとんと感じ取れないことにある。

自分でわからぬ以上、ときに他人に頼るしかない。そこで、ワープロで書き上げた小説を感熱紙に一枚ずつ印刷。さらにそれをコピーして、読みたいと言ってくれる物好きな友人に送付した。

無職になって二年目あたりから、金銭感覚が格段にシビアになってくる。おおげさではなく百円が千円に、千円が一万円に感じられるようになる。たとえば大学時代の後輩から、「予算は六千円」でちょっといい店で飲みながら、ひさしぶりに東京での近況を伝え合いましょうという誘いの知らせが届くと、つらい。

原稿用紙をコピーして、それを郵送すると、枚数がかさばる長編小説の場合、一部で二千円近くかかる。気分としては二万円を費やしているようなものだ。少しでもコピー代を浮かそうと、一度、一橋大学を訪れたことがあった。京都大学の近所には一枚五円のコピー屋が複数、店舗を構えていた。同じ国立大学ならば、駅から大学までの途中にコピー屋ののぼりがはためいているだろう、と勝手に思いこんでの遠出だった。

しかし、駅周辺を歩けども一軒も見つけられなかった。古いビルの一室に業者用の五円コピー屋があったが、到底「五部だけ」と頼めるような雰囲気ではなかった。電車賃の往復代千円がそのまま一万円のロスに感じられた。何だか悲しくなって、せっかく近くまできたのだからと一橋大学を見学して帰ることにした。

一歩、大学の敷地に足を踏み入れるなり、たまらなく懐かしい空気に再会した。校舎の其処此処《そこここ》に宿るモラトリアムの香り。芽が出ていないことが唯一の滞在資格と言っていい空間。やさしすぎる時間の流れに、明日にでも願書を出したくなった。

私は弱っていた。

友人たちに原稿を送るのも、芽生えの確証を得たかったからだ。しかし、彼らは編集者ではない。しかも、当時私が送りつけていた作品は、デビュー後の作風とは似ても似つかぬ、いわゆる純文学もどき、主人公が常に下を向いている、じめじめとした暗い話ばかりだった。当然、感想は歯切れが悪いものばかりになる。「お前には才能があるから、がんばれ」とありがたく見抜いてくれる人などいるはずもない。能ある鷹は爪を隠すと言うが、そもそも私には肝心の爪が生えていないのだ。

ただし、今となってわかる、芽生えの兆しのようなものはあった。

それは「前の作品より、読みやすかった」という感想だ。作品の内容には当たり外れがある。読み手の好みもある。だが、「読みやすくなった」という感想は公平で確かなものだ。もしも、あなたが小説家志望であるなら、「読みやすくなった」という他人の感想は、文章が上達した証として自信に替えてよい。

さらには、「映像が目に浮かぶ」という感想を何度かもらった。これは大学時代にはじめて書き上げ、読ませた全員から「気持ち悪い」と断罪された作品でも言われたことだった。不思議とデビューしてからも、「映像が目に浮かぶ」という感想をもらうことが多い。なぜ文章を読んで、そういう生理現象を相手に与えられるのか、実は今も理由を理解できていない。自然と最初から身についていた表現のクセ、つまり頼りになる武器だったのだ。

少しずつ、芽生えのときは近づいていた。

しかし、当人はそれに気づかぬまま、雑居ビルの四階で静かなる沈降を続けていた。たとえるならば誰もいない教室で机の前に座り、一年、また一年とひとりだけで過ごす気分だった。状況はいまだどっぷり霧の中、いよいよ部屋は静かになる一方で、絶望はかさりかさりと確実に忍び寄ってくるのだ。

ときどき、「デビュー後に生き残る困難に比べたら、デビューまでの苦労など微々たるもの、むしろ簡単」という論調で思い出を語る作家の文章に出会うが、私の感触は完全に逆だ。とにかく、デビューまでが厳しく、苦しかった。

それは書くべきものを見つけるまでの難しさであったように思う。

極端なたとえかもしれないが、幸田露伴が大好きで、彼に憧れて小説を書き始めたが、実はその真の才能は電車の時刻表トリックを巧みに使った旅情ミステリーの分野に隠れていた、なんて人間がいたとしよう。この場合、どんなに優秀な編集者であっても、芽が出ない「幸田露伴もどき」原稿を読みこみ、そこからまったく別の領域に潜む才能の存在を嗅ぎ取ることなどできやしない。彼が、彼女が、何かの拍子に自分の手で旅情ミステリーを書き上げ、気づくしかないのである。

おそらく、この人は旅行が好きだろう。鉄道が好きだろう。時刻表を眺めながら、人が思いもつかぬ想像の羽を広げる遊びにも長《た》けている。ただ、それを小説に持ちこもうと思いつかない。小説とはそういうものではない、もっと真面目で純粋なものだと頑《かたく》なに決めつけている。

私がこの口だった。芥川龍之介が好きで、菊池寛が好きで、夏目漱石が好きで、中島敦が好きで、安部公房が好きで、彼らのような小説を書きたかった。

誰もが「憧れ」から出発する。しかし、憧れと自分を直線で結び、その途中にあるのが自分に適した作風であるとは限らない。いや、ほとんどの人が実際は違うのだろう。スポーツならば、コーチが経験に基づき新たなポジション、プレースタイルを提案し、そこから方向転換を試みるチャンスが訪れるかもしれない。しかし、無職の作家志望にコーチはいない。すべて自分で気づき、それが正しいかどうかもわからないまま、勇気をもって作風の修正にトライするしかないのである。

今の状態が非常によろしくないことは、とうにわかっている。何しろ、様々な出版社の文学新人賞に応募しても一次選考すら突破できない。つまり箸にも棒にもかからぬレベルということだ。だが、駄目なら駄目で、どちらの方向へ舵を切るべきなのかが、わからない。

そんな五里霧中にある私に手を差し伸べたのは、やはり本だった。

霧が濃いのなら、空間を広げて、薄めてしまおうじゃないか――。

そんなことを言って、目の前に現れてくれたような気がする。

無職になって一年が過ぎたあたりから読書の傾向が変わってきた。「古き良き」に偏っていた読書から、未知の領域――それまでほとんど読んだことがなかった外国文学に手を伸ばし始めた。そこにヒットするものがあった。アゴタ・クリストフの『悪童日記』、スタニスワフ・レムの『虚数』、ガルシア＝マルケスの『百年の孤独』、そしてチャールズ・ブコウスキーの『パルプ』。

若い頃の読書が素晴らしいのは、たった一冊の本を読むだけで、自分の頭のなかに、巨大な部屋がいきなり登場してしまうことだ。それまで壁だと思っていたところに突如、新たな扉が現れ、その先にグンと自分の領域を広げる部屋が接続される。それは新たな知識であり、新たな経験であり、新たな視野である。

ブコウスキーを筆頭とする外国の小説を読んで気づいたのは、

「小説なら、何を書いてもいいんだ」

という当たり前の真理だった。

その瞬間、自分を覆っていた厚い殻にみしりとひびが入った。

スイッチのありか

雌伏の期間、小説家志望の人間の頭を悩ませるのは、長編に挑むか、短編に挑むかという方向性のチョイスである。

持ち時間は限られている。

私が会社を辞めたのは二十六歳のとき。貯金通帳の残高は二百万円。そこに失業給付金で五十万円。これらの資金が尽きたらもちろん挑戦はおしまいだが、底なし沼にはまりこむ前に再就職したいという人生への保険も考え、二年という期限を自らに設けた。

二十八歳なら以前の会社に比べ、給料は二、三割は減るだろうが、最小限のダメージで再就職できるはずという算段である。

大学生のときに何も考えずに書き始めた小説が原稿用紙で三百五十枚を超えたところから見ても、ハナから長編向きの人間だったのだろう。

しかし、長編はとにかく時間がかかる。大学時代は一作を完成させるまでに一年四カ月も費やした。無職であるメリットを活かし、これを半年で仕上げたとしても、二年では三本か四本しか書けない。一方、一、二カ月もあれば完成してしまう短編の場合、長編にかかずらっている間に二本、三本と書き上げ、文学新人賞に続々と応募ができる。

自然、残り時間を考えたとき、

「同じ作家デビューという状態をつかめるのなら、短編を書いたほうが効率がええじゃないか」

という結論にたどり着く。

それゆえに、私も短編を書いては新人賞に送った。しかし、結果はまったくもって無惨のひと言、一度も一次選考を突破できぬ、ていたらくだった。

無職の生活というものは根本的に暗い。将来が見通せない不安が常に付きまとう。短編を書くと、その不安がじわじわと行間に潜りこんでくる。それが私の短編のクセだった。なぜか友人が死んだり、病気になったり、辛気くさい話ばかり書いてしまう。当然、

内容的におもしろみは皆無。書いていても、何も楽しくない。決して目先の利益ばかりを追い求めていたわけではなかったが、

「どうも短編ちゃうんとちゃう?」

という内なる意見が徐々に勢いを持ち始めた。

成果がまったく見えぬまま、無職になって一年半が経過した頃、改めて長編にトライすることにした。ただし、これまでのような暗い話は書かないと決めた。そもそも、なぜ暗い話ばかりを書いてしまうかというと、毎度、自分と歳が近く、無職の境遇にいる男ばかりを主人公にするからだ。自然、卑近な悩みを投影しがちになる。そこで新たに挑む長編の主人公には、己からウンと離して、冴えない中年の貧乏探偵を置くことにした。さらにはこの探偵のもとに、「影を探して」という謎の依頼が届く現実離れしたストーリーを採用することで、否でも応でも己の卑近な悩みが入りこめない布陣を敷いた。このあたりはチャールズ・ブコウスキーの『パルプ』から思いついたチャレンジだった。

これがハマった。

作品の中身に己の安い悩みを反映しようがなくなった結果、私は突然の自由を手に入れた。

これまでの短編では、ほとんど自ら動くことがなかった主人公が、「私」以外の性格

を手に入れたおかげで、別人のように活き活きと動き始めた。さらには、辛気くさい話は出禁との噂を聞きつけ、代わりにやってきた「大きな嘘」が好き勝手にストーリーを転がし始める。

半年かけて、原稿用紙五百枚ほどの長編を完成させた。確かな手応えとともに新人賞に送付したが、これも一次選考で落とされる。

何が駄目だったのだろう、と考えるが、答えは出ない。

自分はこっちだという、ついに書くべき方向を見つけた予感がした。さらには、はじめてと言っていいくらい、小説を書いていて「楽しい」という実感があった。

しかし、結果が出なければ、すべては錯覚の可能性もある。己を信じろと言うが、結果が伴うから、そこに根拠があるから、信じることができる。ただでさえ無職は弱い。やはり、長編じゃなかったかもとまたもや短編に転向し、純文学もどき路線に復帰し、二作、三作と書き上げ、賞に送ったが、こちらも全滅。にっちもさっちもいかぬ、八方塞がりの状況に陥ったまま、気づけば会社を辞めて、親に約束した期限が過ぎていた。

雑居ビルの四階にぽつねんと座り、蒼白い顔のまま、この二年間を総括した。

文学新人賞にチャレンジを繰り返すも、一次選考を一度も突破することができなかった。

すなわち、成果はゼロ。

資金も底が見えかけていた。

その頃、「ニート」という単語が世に現れた。

いかにも自分と近そうな響きにどんな意味かと調べてみたところ、どっこい私とは無縁だった。なぜなら、ニート《NEET》とはすなわち「not in education, employment or training」の略であり、当人が行っていないものとして定義される「職業訓練」をすでに実行していたからだ。そう、将来をそろそろ悲観した私は、簿記の専門学校に通い始めていた。

再就職という三文字は、もはや容易に手が届く位置に近づきつつあった。専門学校に通うのと同時に、私は大きな決断を下す。

「次の長編で駄目だったら、あきらめよう」

二十一歳の秋、大学の帰り道に風に吹かれ、「何かを表現したい」と思い立った青年は、あとひと月で二十九歳になろうとしていた。

最後に何を書くべきか。

慎重に挑むべきだと思う一方で、ちっともうまくいかない現実に無性に腹が立った。腹が立ったついでに、これまでのやり方は全部忘れよう、捨てようと決めた。だって、何も結果が出ていない。それでも「次こそは」と思い、飽きもせず同じ路線を続けてさたが、次なんてもうないのである。一次選考、二次選考、最終選考——、険しき文学賞選考のピラミッドの仕組みなど、もうどうでもいい。最後の一作まで勝ち残り、一冊の本になる。デビューする以外は意味がない。たったの一度も、一次選考すら受かったことないけれど。

ぶつくさ腹の中で文句ばかりを並べながら、友人に最後の小説を書くと宣言した。

「『鴨川ホルモー』というタイトルにしようと思う」

「ホルモーって何？」

「わからん。これから考える」

執筆に励むのと並行して、簿記の専門学校に通い、日商簿記三級の試験を受けた。

合格した。

さらに次の簿記二級のクラスを受講した。

短いながらも工場での実務経験があるだけに、機械的に処理していたあの数字たちに実はこんな意味があったのか、という気づきがあちこちに潜んでいて、学ぶことが純粋に楽しかった。このまま勉学に励み、簿記一級、税理士と順調に資格を取得して再就職というルートもアリかもなあ、などと夢想しつつ、ワープロ「文豪」に向かって、「ホルモーとは何ぞや？」と問いかけ続けた。

大学四回生のとき、はじめて書いた小説は、大学生を主人公にしたものだった。読ませた全員から「気持ち悪い」と言われ、以来、大学生を主人公にしたものは一度も書いたことがなかった。

それでも、自分がいちばんうまく書けるのは大学生だという不思議な自信があった。どうしたら気持ち悪いものにならないか、その処方はすでに承知していた。決して自分を語らないこと、読む人にとってひたすら楽しい話を書くこと。

さらには、前回の長編執筆で体得しかけた「大きな嘘」を使って物語を膨らませるやり方に再チャレンジした。今回は大学生を主人公にしている以上、「大きな嘘」を仕掛ける相手は見知った京都という街になる。実在の場所を舞台に小説を書くのも、無職になってからはじめての試みだった。嘘が仕掛けやすい街なのか何なのか、中身が定かではなかった「ホルモー」という架空の競技が、京都という舞台を借りることで、むくむくと思いもしない姿に変貌していくのを目の当たりにしながら、簿記の学校に通い、左手で電卓を叩き、右手で金額を書きこむ技術を高めた。

たった四カ月で、『鴨川ホルモー』は完成した。

原稿用紙の枚数は、ゆうに五百五十枚を超えていた。こんな集中力と馬力、プロになってからも発揮できたことがない。完全に頭ひとつ抜けた作品を書いたという、かつてない手応えとともに新人賞に送付した。
しかし、これも一次選考で落とされる。

終わりと、はじまり

応募した文学新人賞の選考結果を記した雑誌が発売される日は、布団の中で目が覚めたときから胸が高鳴っている。サンダルをつっかけ、開店したばかりの本屋に向かい、積まれた文芸誌を手に取り、結果発表のページをめくる。

そこに自分の名前はない。

あれ？　見逃しちゃったかな？　と次の選考に進む名前一覧を見返すが、やはりない。最後尾から戻ってきたら今度は見逃さないかもと試すが、ない。往生際悪く十回くらいリストを見返したのち、ようやく雑誌を閉じて、理解する。

また、落ちた。

結局、無職になってから『鴨川ホルモー』を書き上げるまで、一度も自分の名前を誌面に見つけることはできなかった。

頭の内側にヘドロのように、どろりと重く澱《よど》んだものを溜めこみながら、本屋から部屋へと戻るときの億劫さといったらなかった。ただし、駄目なものは駄目。次のものを書くしかない、と切り替えるのも早かった。

精魂こめて書き上げた小説が落とされる。すると、一個分の「独りよがり」が落ちていく。

小説を書く前、自分にとって一大事だと思っていることを一カ月、二カ月、ときに半年かけて小説に落としこむ。書き終えると同時に、その思い入れはするんと己の心から抜けていく。さらに二、三カ月も経つと、何をそんな後生大事に抱えていたのか、と自分でも不思議になるくらいに、思い入れ自体が消えていることに気づく。この繰り返しは、小説家になった今でも変わらない。ただし、一点大きく違うのは、小説家の思い入れのなかに「独りよがり」の成分は含まれていない、ということだ。

「独りよがり」とは心のひだにこびりついたガンコな燃料だ。

はじめは誰もがこの「独りよがり」に突き動かされ、小説を書き始める。厄介なのは、発進の原動力となったはずの「独りよがり」を落としきらない限り、小説家にはなれないことだ。「独りよがり」は自分のためにしか燃焼できない。他人の楽しみには決してなり得ない。他人の楽しみとなるものを書くのが小説家だ。そのためには、質の違う燃料に丸ごと積み替える必要がある。しかし、わかって頭で出来るものではない。「独りよがり」を燃やし尽くし、いったんすっからかんになる。それでも書きたいもの、思い入れの対象を見つけることができたなら、その人の内側にはすでに新たな燃料が補塡されている。

「小説家になるには、書き始めてからだいたい七年かかる」

私の持論である。

たとえば十七歳で作家デビューする人は突然現れるわけではなく、インタビューを読むと十歳前後から書いていることが多い。私も『鴨川ホルモー』を書くまでに七年かかった。たっぷりと貯蔵された「独りよがり」を燃やし尽くすのにかかった時間である。

それゆえに、応募した新人賞に落選しても、結果がわかる頃には、作品を書く原動力となった「独りよがり」がすでに雲散霧消しているため、「あんな出来じゃ、そりゃ駄目だわな」と自然に納得できた。改稿して、また別の新人賞に送るべく再利用しようとは思いもつかず、すぐに次の作品へと取りかかるのが常だった。

でも、『鴨川ホルモー』は違った。

「これが一次選考で落ちるのは、おかしい」

はじめて結果に対し異議を唱え、心の反旗を翻した。

会社を辞めて三年が経ち、これが最後の挑戦となる現実を認めたくない、というわけではなく、純粋にこの作品はおもしろい、という客観的な視点に基づく「何でやねん」だった。

『鴨川ホルモー』が、一次選考で早々に賞レースから脱落したことを知ったのは七月下旬。

改稿してもう一度応募してみようと決めた、別の新人賞の締め切りは三週間後の八月二十日。

日商簿記二級の試験をパスし、さらに一級合格を目指す簿記専門学校のクラスに週三のペースで通いながら、最後のレースが始まった。

この時期、ひょんなことでパソコンを手に入れた。

友人がお古のノートパソコンをくれたのだ。

それまで私はパソコンを持ったことがなかった。当然、ネット環境とも無縁で、たとえば『鴨川ホルモー』は五月の京都の伝統行事である葵祭のシーンから始まるが、大学在学中、下宿で午前中に起きることなどまずなかった私は、葵祭というものを見た経験がなかった。

今さら東京から京都へ取材に行く金銭的余裕もなく、漫画喫茶のパソコンで「葵祭」

を検索することで実態把握に努めた。調べが必要なものを事前に書き出し、十五分内にそれらの検索と、葵祭の行列がぞろぞろと進んでいる動画チェックを完了させた。もちろん最低利用料金二百円ポッキリで漫画喫茶をあとにするためである。百円でも倹約したかった。尻に火がつき、爪に火をともし、もはやあちこち火傷だらけの二十九歳だった。

改稿が完成したのは、締め切り二日前。

ここに最後の難関が待ち構えていた。

当時、原稿はワープロ「文豪」で書き上げ、それを一枚ずつ感熱紙にプリントアウト、さらに感熱紙だと字が消えてしまうこともあるので、すべて普通紙にコピーしてから出版社に郵送するという応募スタイルを採っていた。

しかし、これから送らんとする新人賞は、現在では決してめずらしくないが、二〇〇五年当時はほぼ皆無だった「WEB経由でのみ原稿を受けつける」スタイルを採用していた。

改稿を終えた、我がワープロ「文豪」内のデータを、どう電子メールに添付して応募するか。

さながら、ソ連とアメリカの宇宙船を宇宙空間で連結させるが如きミッションについて、改稿中は見て見ぬふりを続けてきたが、ついに向き合わなければならぬときが訪れた。

確実な解法はあるにはある。

すべてタイピングしたらよい。

残り時間は二日。

原稿用紙一枚を五分でタイピングしたとして、一日のノルマが二百五十枚。一秒も休まずに打ちこみ続け、所要千二百五十分。

二十一時間弱。

これを二日続けてはじめて、メールでの応募が可能になる。

無理である。

早々にさじを投げた。

そんなアホなこと、やってられない。

そのとき、不意に思い出した。

ノートパソコンをくれた友人が「使わんだろうけど」と外付けの三・五インチフロッピーディスクの読み取り機をいっしょに置いていったことを。

ワープロ「文豪」もまた、三・五インチのフロッピーを使用していた。

試しに、ノートパソコンに読み取り機を接続し、そこに「文豪」用フロッピーを入れてみた。当然、データは読み取れない。そのとき、またもや思い出した。かれこれ十年使っている「文豪」の保存メニューに、これまで一度も触れたことのない「MS-DOSで保存」という謎の項目があったことを。

すべては運まかせだった。

この読み取りが成功しなければ、きっと私は原稿を応募しなかった。『鴨川ホルモー』のデータを、ひとまず謎の「MS-DOS」方式で保存。そのフロッピーをノートパソコンの読み取り機に差しこんでみた。

なぜか、原稿データがノートパソコンの画面上に出現した。

晴れてすべてのデジタル問題をクリアして、新人賞に応募した。

何だか、今度はうまくいきそうな気がした。

でも、それは原稿を送るときにいつも感じることで、やっぱりうまくいかない気もした。

二カ月後、新人賞受賞を伝えるメールが届いた。

不思議とよろこびはそれほど湧かなかった。

どちらかと言うと、ぽかんとした。一度目の大学受験に失敗したときから、心のどこかで、自分は3で割り切れぬ人生を送り続ける人間だと思いこみ続けてきたせいか、本当にうまくいってしまった場合、どう気持ちを表現したらいいのか、わからなかったのである。

雑居ビルの四階で依然、管理人業務と簿記一級の受験勉強を続けながら、出版に向けての改稿作業が始まった。

しかし、試験を目前にして、せっかく知識を高めてきた簿記一級の勉強をやめる。やはりここでも、私はひとつのことしかできなかった。時間と脳味噌のすべてを、小説の改稿に注ぐことを決めた。眠ってからも、処理しきれない編集者からのオーダーが、「しんどい夢」となって毎夜、脳味噌のなかで暴れ回った。プリントアウトした原稿をめくりたいのにめくれない、という苦しい夢を見続けた。

二〇〇六年四月、第四回ボイルドエッグズ新人賞を受賞したデビュー作『鴨川ホルモー』が刊行された。

大学の帰り道、自転車に乗りながら、風を正面に受けてから十年目のこと。

三十歳の春、私は小説家になった。

あとがき

週刊誌でエッセイを連載してみませんか。

そんなオファーを受けたとき、それは難しいですと開口一番に否定的な言葉を返してしまったのは、私がエッセイに対して抱く、

「おもしろいエッセイとは、人がうまくいっていない話について書かれたもの」

という価値観が、大いに作用したためと思われる。

人の不幸は蜜の味、とまでは言わないが、人がうまくいっていない話を聞くのは楽しい。

それは、他人がビットコインで大もうけした話や、すてきな彼女、すてきな彼氏と充実した休日を過ごした話や、プラチナ・チケットをコネを使って容易に手に入れた話など対極に位置する内容を聞かされても、ちっとも楽しくないことからも明らかである。

翻って、作家としてそこそこ成功している以上、私の日常は「そこそこ、うまくいっている」わけで、そんな日々から切り取った話をエッセイ仕立てにしたところでおもしろいわけがない。

確かに執筆に集中していて、ふと手の甲に動く感触を察知し視線を落としたら、そこに特大のカメムシが止まっていたとか、二年間育てた金魚が他界して、最後のほうは金色が薄れ、品種改良前の状態に戻ってほぼフナだったとか、人生三大激痛のひとつと冠される、別名「キング・オブ・ペイン（痛みの王様）」こと尿管結石を患い、激痛にのたうち回ったとか、ようやくガラケーを手放したとか、でも手に入れたのはガラホでこれが使いにくいったらありゃしないとか、瞬間風速で勝負することは、ときどきならばできるかもしれない。

しかし週刊誌からのオファーゆえ、毎週、コンスタントに瞬間風速を記録する必要がある。それを一年、二年と高い質を保ちながら連載できるのは、もはや本人が暴風の本体で、あちらこちらで摩擦を自ら引き起こしている場合くらいで、得てして創作の凪《なぎ》なる状態に暮れ泥《なず》みがちな私には、およそ縁のないスタイルだ。

このような理由から、週刊誌連載は難しいですと回答したわけであるが、編集者はあきらめず、では、青春記のようなものを書くのはどうでしょう、と新たな提案を持ちかけてきた。

超就職氷河期に社会に飛び出し、いわゆる、失われた十年、もしくは二十年を肌で感じていたにもかかわらず、安定した職を捨て、わざわざ小説家を目指すべく無職を選択する――、どう見ても無謀な、勝算なき歩みの裏側をエッセイというかたちで連載してくれないか。折しも最近になって「人生再設計第一世代」などと命名された、災難続きの世代のど真ん中を生きる作家が、何を見て、何を聞いてきたのかを伝えてほしい――。なるほど、ものは捉えよう、言いよう、考えようである。

今の生活からうまくいっていない話を抽出して書くのが難しいなら、過去のうまくいっていなかった時間をまるごと書けばよい。人はときに、それを青春記と呼ぶこともあるのだ。

かくして大学受験に失敗した瞬間から、小説家としてデビューするまで、ひたすらうまくいかなかった日々を時系列に沿ってしたためる、というエッセイがスタートした。

連載中は、予備校生のときから保存している毎年のカレンダーを机の横に置き、改めて記憶がそこかしこで捏造されていることを確認しながら、一年一年をたどった。たとえば、はじめて小説を書き始めた時期について、てっきり私は大学の帰り道に「風を受けた」あと、すぐさま取りかかったものと思いこんでいたが、実際は一学年遅かった。

それはすなわち、デビュー時からあらゆるインタビューで「はじめて小説を書いた時期」について誤情報を垂れ流してきたということで、ほとんど子どもの生まれ年を間違えるようなものである。歳を取ると物覚えが悪くなるというが、勘違いするときは、老いも若いも関係ない。

連載期間はおよそ一年半。

週刊誌という媒体ゆえだろう。連載中、これほどダイレクトに読者からの反応を得られたのは、はじめての経験だった。

特に無職編に突入してからの評判が高かった。やはりエリートが職を失い、四苦八苦する様を眺めるほど楽しいことはないよな、などと意地悪に分析したものだが、その時期に連載を読んだテレビ局の方から「ニュース番組のコメンテーター」のオファーが舞いこんだのには驚いた。もちろん、丁重にお断りしたわけだが、今もそのニュース番組を見かけると、「あのときウンと返事していたら、あそこに座っていたのか」と尻のあたりがムズムズしてしまう。

連載したものを書籍にまとめるにあたって、改めて調べ直したことがある。

最後に挑戦した文学新人賞の締め切り寸前に、ワープロのデータをパソコンにあっさりと移行できてしまった——、あの不思議な現象についてである。

本文中で「ソ連とアメリカの宇宙船を宇宙空間で連結させるが如きミッション」とおおげさに記しているが、あながち遠からず。あれは完全なる偶然の導きだった。

パソコン音痴の私は何も仕組みを理解していなかったが、「MS－DOS」とはマイクロソフト・ディスクオペレーティングシステムの略だった。同じマイクロソフト社の製品ゆえ、初期の「Windows」には「MS－DOS」を読み取る機能が入っていた。ときは二〇〇五年だったが、きっと大学時代から使っていたお古だったのだろう、友人が譲ってくれたノートパソコンのOSは「Windows98」だった。もしも、最新のOSが入っているパソコンだったら、読み取れなかった。もしも、アップル製品のパソコンだったら、話にもならなかった。何よりも、ワープロのなかに「MS－DOS」の仕組みが導入されているという奇妙な仕様がなかったら、新人賞に応募できなかったわけで、そうなると『鴨川ホルモー』が世に出ることもなく、この文章を書いている私自体が存在していない可能性が高い。

何もかもが曖昧な偶然に先導され、それがよい結果につながったわけで、うまくいくときとは得てしてこういうものなのかもしれない。

なお、このノートパソコンをくれた友人というのは、予備校に通っていた夏休みに、私がその噂話を耳にして嫉妬の炎を燃やした、あのスペイン旅行をひと足先に敢行した高校の同級生だった彼である。大学時代はほとんど顔を合わせる機会がなかったのに、無職になって近所の図書館で調べ物をしていたら、ばったり再会した。彼もまた新卒採用された会社を辞めたばかりで、東京でぶらぶらしていた。それが、彼のほうが先に再就職が決まり、パソコンを新調したのだろう。親切にもお古をくれた。その後はまた疎遠になってしまったので、「はじめ」と「終わり」の重要な場面にだけ登場し、本人もまったく意図しない影響を残し去っていくという、何とも摩訶不思議な役割を果たしている。

さらには、これもまた曖昧な偶然のひとつだろう。NEC製ワープロ「文豪」と「MS-DOS」との関連について調べていたら、なぜか「文豪」と安部公房とのつながりにぶつかった。何でもNECは「文豪」開発に際し、安部公房にいろいろと要望を聞き、機能充実に活かしたのだという。そもそも、「文豪」という名前自体、このとき協力してくれた安部公房にちなんだものだった。

確かに、「文豪」は小説を執筆するうえで抜群に使いやすく、ワープロからパソコンへ私の執筆環境が移行した際も、もろもろ「文豪」を真似て執筆画面のレイアウトを調整し、そのスタイルを現在も踏襲しているくらいだ。私が小説を書き始めるきっかけを与えてくれた「憧れ」の面子のなかに、もちろん安部公房も含まれるわけで、彼の小説からの影響のみならず、小説を書く環境にまでその助けを受けていたというのは、何とも因縁深い話である。

週刊誌での連載中は「人生論ノート」という、予備校時代に挑戦した「新潮文庫の百冊」のなかにあってもっとも手強かった、三木清の哲学について語られた、かの名著からそのままスライドさせたタイトルを冠していたが、連載を終えて振り返ったとき、それなりに人生を語る場面もあるやもしれぬが、所詮はお気楽エッセイ。第二次世界大戦開戦前夜、厳しい検閲のプレッシャーのなかで書かれた作品のタイトルをそのままいただくのはあまりにおこがましく、書籍化に際し改題することにした。

『べらぼうくん』

また、ずいぶんと改めてしまったものだが、べらぼうとは漢字で「篦棒」と書く。「あまりにひどい」「馬鹿げている」「筋が通らない」といった意味の他に、端的に「阿呆だ」という意味がこめられているところが気に入った。

どうにもうまくいかぬ男の、十歩進んで九歩下がる日々をまるっと包みこんでくれるようで、あの頃の蒼白い顔をした自分に「よう」と呼びかける気持ちで、『べらぼうくん』とタイトルを決めた。

二〇一九年九月

解説

浅倉秋成

作品を堪能するにあたって、必ずしも作者の人となりを知る必要はない。

私も小説書きの端くれではあるが、作品と合わせてぜひ私の人間性も把握していただきたいとは露ほども思わない。むしろ常々、私のことなど忘れて作品だけを楽しんでくれと念じる。こちらは劇場の最後方で映写機をからからと回しているだけの裏方なのだ。スクリーンに映し出されている作品を観てもらいたいと願い、自身は徹頭徹尾、黒衣《くろご》で構わないと思っている。だのに、稀に行儀悪くもこちらを振り返り、まじまじと顔を凝視してくるやつがいる。

作者さんはひょっとして報われない学生時代を過ごしたんですか。ちなみに作者さんはどこ大の出身ですか。女性経験は少なめですか。友達いないんですか。

うるさい。こっちはいいから、前を向いて作品を観なさい。作品を観ているのが一番楽しいんだから、前だけを見ていなさい。

しかし人にはマナーを説く一方で、恥ずかしながら私自身も映写技師のほうをじっと見てしまうことが、ままある。やっぱり創作者の話に耳を傾けるのは堪らなく楽しいのだ。本書を読んだ皆様なら大いに頷いていただけると思う。

「べらぼうくん」は万城目学さんの大学受験失敗から始まり、小説家としてデビューを迎えるまでのおよそ十二年が描かれる「エッセイ」であり、「奮闘記」であり、「観察記」でもある。

そう、「観察記」なのだ。

本書を読んでいると、序章で紹介されるエピソードよろしく、嫌がる万城目さんを無理矢理櫓に上げ「ほほぉ、これがあの万城目学さんですか、実に興味深いですねぇ」とニヤニヤしながら楽しむというよりは、万城目さんというとびきり「鋭い」ガイドとともに小さな時空旅行をしているような喜びに包まれる。「私は常に観察する側に立ちたかった」というご本人の言葉にあるとおり、万城目さんはやはり一流の「観察者」なのだ。

阪神淡路大震災やオウム真理教等、日本中を騒がせた大きなトピックはもちろん、テレクラでの近未来への予見や、Jポップの趨勢、会食での席順に対する違和感、東大出身者の自己紹介の裏に潜む過剰な自意識であったりと、少し気を抜けば風景の中に溶け込んでしまう小さな「おかしさ」を決して見逃さない。そして自身が直面した事態に対して「あんたたちおかしいぜ」と中指を立てるでも、「まあ、そんなもんですよね」と素直に受け容れるでもなく、ひたすらに事実を吟味し、嚙みしめ、その苦みや酸味を鮮やかとしか言いようのない手際で我々に教示してくれる。

このときふと思ったんだけどね——友人に耳打ちされているような心地よい読書体験に酔っているうちに、我々は副次的に万城目さんと無二の親友になれたような勘違いをも楽しめる。

万城目さんはどこまでいってもフェアな「観察者」であり、決して森羅万象に結論を下す「審判者」にはならない。「およそひと月、海外をほっつき歩いたのち帰国する。それから一週間ばかり持続する、まるで新しい眼鏡をかけたときのような、度がズレた感覚に漂うのが好きだった」。自身の観察眼に小さなブレが生じることさえも、客観的に、冷静に、観察する。そして楽しむ。だからこそ紡がれる言葉の一つ一つには鋭さと、静かな謙虚さが同居している。

ここで我々は、「万城目ワールド」を支える屋台骨は、非現実へと向かう無軌道で奔放な妄想力ではなく、現実に対する冷静で鋭い観察力でこそあったのだと膝を打つ。いつも万城目小説は読者にとんでもないハッタリをかましておきながら、しかしどこかドキュメンタリーを読んでいるようなリアリティを内包している。ゆえにあんなにもファンタスティックな物語なのに「これってひょっとすると、結構な部分が実話なのでは？」という錯覚に気持ちよく嵌まることができる。

と、殊更本書における「観察記」の側面に焦点を当ててみたが、「奮闘記」としての面白さも無論のこと天下一品である。この命を燃やし尽くしてでも小説家になってやるのだと、あらゆる障壁を力業で粉砕し、巨大なブルドーザーのように邁進していく――というよりは、遠く地平線の先にちょこんと見えている一本の旗を目指し、殆ど徒歩と変わらぬ速度でゆるゆるとママチャリを漕ぐような奮闘ぶりに、読んでいる我々はついつい不安に駆られる。本当に大丈夫なのか、万城目青年。せめて補助輪が必要なのでは。不遜にも人生の先輩になったような心地で手を差し伸べたくなるのだが、我々の頭の中では常に「この青年、後の万城目学である」という注釈がつくので、心置きなくあらゆる悲劇的なエピソードを不謹慎に楽しむことができる。

万城目さんは浪人時代から「私の人生が始まったのだ」と定義する。

思うに社会とは、漫然と生きることができるよう、あるいは漫然を推奨するようにチューニングされている。

幼稚園、小、中、高校を経て、大学を出たら、それなりに有名っぽい会社に入っておけば人生間違いなし。世の中には色々と面倒なルールや理不尽が待ち構えているが、そういうもんだと割り切っていこう――脳のリソースを割かずに生きようと思えば、どこまでもぼんやり、漫然と生きることができる。

しかしどこかで小さな「躓《つまず》き」が発生したとき、人は否応なく「考える」必要に迫られる。どうしてこうなった、どうしてままならない。万城目さんにとってそのスタートこそが大学受験の失敗であった。自分の言葉を持つようになったのがこの瞬間であるならば、「観察者」としての回路に電流が走り始めたのもこの頃なのかもしれない。やがて万城目さんは一陣の風の中に小説の息吹を見出す。漫然とは生きられぬ日々が始まる。

小説を読むことの喜びに気づくのが遅かった私は、大学生になってからようやっと本が読めるようになった。身近なところに読書家もいなかったので、ひとまず話題をさらっている小説に手を伸ばす。この時点では生涯読破作品数、十冊とちょっと。ひよっ子読書家の私は、吸い寄せられるように当時のベストセラー『鴨川ホルモー』を読み始めた。べらぼうに楽しかった。唖然とするほど見事な現実世界からの跳躍に、思わずひょえーと間抜けな声が零れた。人生のままならなさに悶え、ここではないどこかに思いを馳せていた私は臍《ほぞ》を噛んだ。

関西だ。関西の大学に行くべきだったのだ。

まもなく『ホルモー六景』を手に取り、「どうやら関東でもよかったらしい。ただ私は選ぶ大学を間違えた」と悔し涙を流すのだが、いずれにしても私はこの頃に小さな気づきの萌芽を手にしていたように思う。敢えて万城目さんの表現をそのまま借用させてもらうが、嘘偽りのない感興であった。

小説なら、何を書いてもいいんだ。

やがて私は筆を執る。本当にプロの小説家になどなれるのだろうか。疑いながらも、諦めながらも、私の漫然とできない創作者としての日々が始まった。

「第十二回山田風太郎賞に、浅倉さんの『六人の嘘つきな大学生』がノミネートされました」

何よりも打ち震えたのは、私の名前と並んで万城目さんの名前があったことだ。私は決して大袈裟な表現ではなく、この段になってようやく気づいた。どうやら私は本当に小説家になれたらしい、と。

「万城目さんのエッセイの解説に挑戦してみませんか」

恐れ多すぎるという以外に、断る理由はなかった。

私は映写機を回す万城目さんに深々とお辞儀をし、では失礼して、と、まずは顔の輪郭辺りからデッサンを開始する。しかし生粋の「観察者」である万城目さんもまたこちらを見つめているのだと気づいたとき、私は額から湧き出た冷や汗を拭うことで手一杯になる。

万城目さんはこれからも問答無用であらゆるものを吸収し続けるのだろう。ゲーム、サッカー、映画はもちろん、この本を手に取っているあなたのことだって糧とし、どでかい寸胴にぶちこむ。そして「しんどい夢」の中でくつくつと煮詰める。

やがて次なる作品が誕生する。京都で始まった万城目ワールドは、我々の想定を遥かに凌駕し、ついにはメソポタミアにまで到達した。次はどこに連れて行ってくれるのだろう。更に遠いどこかなのか、あるいはとんでもなく身近なすぐそこなのか。

稀代の「観察者」が生み出す見事な物語は、我々をいつまでも魅了し続ける。そしてそんな作品に撃ち抜かれた漫然とできない何者かがどこかで筆を執る。作品を書き上げる。そんな何者かの作品を、やっぱり万城目さんはじっと観察する。

万城目ワールドはきっと終わらない。そんな事実に、万城目さんの人生が3で割り切れないことに、そして何よりワープロの中に導入されていた「ＭＳ－ＤＯＳ」の仕組みに、最大級の感謝を捧ぐ。


（作家）

文春文庫

べらぼうくん

定価はカバーに
表示してあります

2022年9月10日　第1刷

著　者　万《ま》城《き》目《め》　学《まなぶ》
発行者　大沼貴之
発行所　株式会社 文藝春秋

東京都千代田区紀尾井町 3-23　〒102-8008
TEL 03・3265・1211(代)
文藝春秋ホームページ　http://www.bunshun.co.jp

落丁、乱丁本は、お手数ですが小社製作部宛お送り下さい。送料小社負担でお取替致します。

印刷製本・凸版印刷

Printed in Japan
ISBN978-4-16-791936-8